AF279592

Vantell J. LaRoche

# Adam Coon

–

# Der Tod in Person

Roman

Bibliografische Information der Deutschen Nationalbibliothek:
Die Deutsche Nationalbibliothek verzeichnet diese Publikation in der Deutschen Nationalbibliografie; detaillierte bibliografische Daten sind im Internet über http://dnb.dnb.de abrufbar.



19ter November 2020

3te Auflage

Verlag: BoD • Books on Demand GmbH, In de Tarpen 42, 22848 Norderstedt
Druck: Libri Plureos GmbH, Friedensallee 273, 22763 Hamburg

ISBN: 978-3-7597-9561-8

Der Tod ist gewissermaßen eine Unmöglichkeit, die plötzlich
zur Wahrheit wird.

- Johann Wolfgang von Goethe

An alle, die schon einmal jemanden Wichtigen in ihrem Leben verloren haben.

## DER AUTOR

Vantell J. LaRoche.

Ein Pseudonym, hinter dem sich ein junger Schreiberling versteckt - im wahrsten Sinne. Denn Vantell wurde 2002 in der kleinen Stadt Görlitz geboren.

Im Jahre 2012 fand der Schreiberling die Liebe zur Literatur und Fremdsprachen und verfasst seither auch eigene Werke.

Das bislang größte Projekt dabei ist die Buchreihe zu Adam Coon. Mit abertausenden Worten, Sarkasmus und schlechten Witzen wird das Leben des Coons mit Höhen und Tiefen gestaltet.


## WERKE

Adam Coon - Der Tod serviert mit Essig, Band 1

Adam Coon - Der Tod im Klärwerk, Band 2

Adam Coon - Der Tod in Person, Band 3

# PROLOG

Legt ihn um.

Legt. Verb. Infinitiv legen. Jemanden oder etwas in eine bestimmte Position bringen.

Ihn. Pronomen. Nominativ er. Bezeichnet eine maskuline Person oder Sache, die bereits bekannt ist.

Um. *Hier* Präfix in Verbindung mit einem Verb. Umlegen. Eine Person skrupellos beiseiteschaffen.

Zusammengefasst. Ein einfacher Satz, der vieles ändern kann.

## KAPITEL EINS

<u>*23. Dezember, 2015.*</u>

Sechsunddreißig Stunden zuvor.

„Komm schon, dein Geburtstag war vor fünf Tagen, Babe. Wir müssen ihn endlich feiern", maulte Coon Grant an, während sie aus dem Fahrstuhl stiegen.

Es war ein Morgen wie jeder andere. Doch das Revier war wie ausgestorben. Kaum ein Detective war anwesend, es war nämlich der dreiundzwanzigste zwölfte. Weihnachten stand nicht mehr vor der Tür, sondern bequemte sich schon in den Wohnzimmern der Menschen.

„Wie oft noch? Ich feiere meinen Geburtstag nicht, Adam." An ihrem Schreibtisch erwarteten sie O'Connor, Asustín und Nye. „Hey, Leute", grüßte der blondhaarige Lieutenant ihre Freunde und Kollegen. Asustín erwiderte die Begrüßung mit einem kurzen „Hi", O'Connor nickte, und Nye umarmte

Grant. Coon blieb im Hintergrund, fragte aber: „Ist Captain Permafrost schon da?"

„Ja, bin ich, Mr. Coon." Damit hatte sich die Frage erübrigt. Ein Mann mittleren Alters mit pechschwarzem Haar spazierte grimmig aus dem Pausenraum. Er hieß Berry Black und war seit wenigen Wochen neuer Captain des 17ten Reviers, nachdem Farah Moreno zum Deputy Chief ernannt worden war. Kaum einer konnte ihn leiden. Coon hatte ihn anfangs belächelt und ihn nicht ernst genommen. Ihn immer wieder als quengelnden Gartenzwerg bezeichnet. Nun ja, nachvollziehbar war es. Der Frischling war mit einem Meter zweiundsechzig nicht gerade der Größte. „Coon, ich trete Ihnen heute mit einer Bitte entgegen. Und bevor Sie fragen, nein, ich brauche keinen Tritthocker für die oberen Regale. Es geht um die nächste Spende für die Rockefeller Foundation -"
„Bereits überwiesen, Sir, plus Erhöhung. Denken Sie etwa, ich will nochmal vor Gericht landen? Auch wenn es danach viel Publicity für mich und meine Firmen gab, und die Kurse in die Höhe geschossen sind." Black grinste zufrieden und zog sich in sein Büro zurück. „Macht er euch auch Angst, wenn er versucht zu lächeln?", fragte Coon, bekam aber keine Antwort. Grant ließ sich in ihren Stuhl fallen und blickte neugierig in die Runde. „Und, wo verbringt ihr die Feiertage?

Tico sicherlich bei dir, Alexa?" Nye nickte und nahm die Hand ihres Verlobten. Asustín hatte ihr die entscheidende Frage kurz nach Coons Freispruch im November gestellt. Sie hatte Ja gesagt und mittlerweile waren beide total im Hochzeitsfieber. „Max, du wieder bei deinem Bruder?"

„Nein, dieses Jahr bin ich bei Margareth und Leon. Was ist mit euch, Mel? Feiern du und Adam zusammen?"

„Ja." - „Nein."

„Wie jetzt Nein?"

„Ich feiere kein Weihnachten. Nie", antwortete Coon.

„Wieso? Etwa aus religiösen Gründen?", interessiert guckte Nye ihn an.

„Nein, aber meine Eltern waren schon immer vielbeschäftigte Personen. Hatten nie Zeit für mich. Nicht einmal an den Feiertagen. Weihnachten war für Familie von Lixton also ein Fremdwort. Selbst zu Kates und Grace' Zeiten wurde Weihnachten nicht gefeiert. Nach dem Tod meiner Eltern wurde der ganze Kommerz-Scheiß nur noch makabrer für mich. Meine Nanny wollte einmal mit mir zelebrieren, da war ich acht, aber irgendwie kam ich damit nicht klar, also beließen wir es dabei. Zudem hofft man morgen Abend auf meine Anwesenheit auf dem Staatsbankett."

„Interessant, zu wissen, Mister Coon", grummelte Grant.

Dieser stieg in das vermeintliche Spiel mit ein. „Sie sind herzlich eingeladen, Miss Grant."

Die Polizistin rollte mit den Augen.

„Anderes Thema", verkündete Nye, während sie sich aufrichtete und Asustín gleich mit sich zog. „Ich hab' tolle Neuigkeiten und bin froh, dass wir endlich mal alle zusammen sind. Ihr wisst, es sind nur noch wenige Wochen, dann heiraten wir zwei -"

„Zwei Monate, aber ja", warf Coon ein. „Bitte, fahre fort."

„Danke." - „Gern geschehen."

„Adam!" - „Pardon."

„Hmpf, wie dem auch sei. Auf jeden Fall werden wir dann zu dritt vor dem Altar stehen." Alle hatten ein Fragezeichen im Gesicht. „Ich bin schwanger, Leute!" O'Connor, Grant und Coon beglückwünschten sie, nur Asustín stand wie versteinert da. „D-du bist was?", stotterte er.

„Ich bin im zweiten Monat schwanger."

„Von wem?"

„Von dir, du Fisch."

„Huh?", überfordert kratzte er sich am Kopf.

„Du wirst Vater, Tico", erklärte Coon Schwachmaten sicher.

Asustíns Augen weiteten sich. „Ich werd' ... Oh, Mann." Ihm wurde schwarz vor Augen und seine Beine knickten weg.

„Hey, hey, er kommt wieder zu sich", grinste Coon und zog Asustín an den Armen nach oben. „Kleiner Tipp, spare dir die Ohnmacht bis zum Schwangerschaftskurs oder bis zur Geburt auf." Asustín ignorierte den Kommentar, stattdessen fragte er: „Wo ist Alexa?"

„Ein Toter wartet darauf, von ihr betatscht zu werden", antwortete O'Connor. „Du warst beinahe 'ne viertel Stunde weg."

„Um dein Wohlbefinden zu schützen, haben wir dich einfach auf dem dreckigen Boden liegen gelassen", ergänzte Coon. Entrüstet knallte Grant ihr Telefon auf den Tisch. „Offenbar fallen die heiligabendlichen Depressionen dieses Jahr deutlich höher aus. Pod 39, neununddreißigste East."

„Keine Anzeichen von Gewalt- oder Waffeneinwirkung. Dafür aber unschwer zu erkennen ein Fall von Suffokation", meinte Pathologin Dr. Elizabeth Stuart. Sie führte das Team zur blau angelaufenen Leiche und kniete sich hin. Behutsam öffnete sie den Mund des Mannes. Nicht gerade leicht, da sein Kiefer noch krampfte. Sie schob zwei Finger in den Rachen und verzog das Gesicht, sobald sie hatte, wonach sie suchte. Vorsichtig zog Stuart die Finger aus dem Mund. „Was ist das?", wollte Grant wissen, als ein rosafarbenes

Etwas zum Vorschein kam.

„Kaugummi mit irgendwas anderem Matschigen dran. Sieht nach Schorf aus."

Coon hielt sich die Hand vor den Mund. „Gott, ich glaube, mir wird schlecht."

„Keine Sorge, Adam", beschwichtigend hob Stuart die freie Hand. „Sie werden sich nicht weiter daran aufhalten müssen. Wie bereits gesagt, handelt es sich hierbei wohl kaum um einen Mord. Der Kerl war lediglich zu dumm, 'nen Kaugummi zu kauen. Tut mir leid, Melinda, Sie und Ihr Team sind einmal umsonst gekommen."

Grant und die Jungs traten auf den Bürgersteig. Winter Wonderland nannte man etwas anderes. Knapp zwanzig Grad Celsius, Jogger in kurzen Hosen, Kleinkinder, die im Sandkasten spielen konnten. Mitte Dezember. In einer solchen Situation verspürte man durchaus Sehnsüchte nach dem Blizzard von 2014.

„Wenn das weiter so geht mit diesen sinnlosen Einsätzen, werd' ich noch zu Santa Depressiv", krächzte Asustín.

O'Connor klopfte seinem Partner auf die Schulter. „Bro, wenn du Santa Depressiv wirst, dann werd' ich bitte dein erstes Opfer."

„Wie wäre es, wir alle gehen unseren Kummer bei einem kleinen Lunch wegessen. Beim Mexikaner, zwei Straßen weiter", schlug Coon vor.

„Du willst jetzt schon Mittagessen? Es ist gerade mal halb elf."

„Oh, excusez-moi, mademoiselle. Verzeihen Sie meine missratene Wortwahl", sagte er mit frankokanadischem Akzent.

„Ich meinte selbstverständlich brunchen, wie die Snobs -"

„Hey, ihr zwei Turteltauben! Entweder ihr nehmt euch ein Zimmer oder lasst das mit dem Vorspiel. Und ganz nebenbei, Tico und ich könnten wirklich 'ne Kleinigkeit vertragen." Die beiden Detectives liefen voraus und ließen Grant und Coon eiskalt stehen.

Der Kellner hatte gerade die Bestellungen aufgenommen, da kramte Coon wie wild in seiner Aktentasche. „Irgendwo hier müssen sie doch sein", nuschelte er.

Grant runzelte die Stirn. „Kann ich dir behilflich sein? Wonach -"

„Gefunden!", rief er und hielt mehrere Papiere und Schlüssel triumphierend in die Höhe. „Freunde, gestern habe ich mir einen Mercedes Maybach gekauft. Das heißt, ich besitze mittlerweile fünf Autos. Mir ist klar geworden, dass ich eh nie alle gleichzeitig nutzen kann. Daher herzlichen Glückwunsch an dich, Max. Du bist der neue Besitzer meines Lotus'. Und für dich, Ti, hätte ich einen familienfreundlichen Dodge Charger zu bieten. Mel, bevor du dich wunderst, sobald der Tesla aus L.A. hier eingetroffen ist, gehört er ganz allein dir. Seht die Autos als kleines Weihnachtsgeschenk." Er überreichte jedem Fahrzeugpapiere und Zündschlüssel, danach nippte er an seinem Bourbon.

„Mann, was würden wir nur ohne dich tun, Adam", sagte Asustín und prostete ihm zu.

Lachend schüttelte Coon den Kopf. „Ihr würdet euer Essen selbst bezahlen." Aufs Stichwort servierte der Kellner die Bestellungen.

Coon legte genervt sein Besteck beiseite. Er hatte noch nicht einmal angefangen zu essen, schon vibrierte sein Telefon. „Sie sprechen mit dem einzigartigen COONMAN. Was kann ich für Sie tun? ... Ah ... Hm ... Ach, ist das so?.. Ja, ja ... Ja, klar. Schönen Tag noch."

„Wer war das?", fragte O'Connor kauend.

„Meh, nur einer von der Einwanderungsbehörde. Ihr wisst ja, mein Visum läuft Ende des Jahres aus."

Grant musterte ihn fragend. „Und das lässt dich so kalt?"

Coon zuckte die Achseln. „Behörden sind wie Hunde, wirf ihnen einen Knochen zu und sie machen alles für dich.

Doppelte Staatsbürgerschaft ich komme. Ich habe das mit dem Visum satt. Zeit, dass ich endlich ein richtiger Yankee werde."

„Du willst die echt bestechen?", wollte Asustín wissen. „Dir ist schon klar, dass das einen Straftatbestand darstellt."

„Mann, ich muss echt aufpassen, was ich euch erzähle. Ich vergesse immer wieder, dass ihr Cops seid. Ihr werdet das doch nicht melden, oder?"

O'Connor schüttelte den Kopf. „Nein, außer du kommst unserer Kleinen hier irgendwann mal blöd. Dann bist du geliefert."

„Verstehe. Neues Thema. Wann noch gleich soll die Hochzeit stattfinden?"

„Neunzehnter Februar", strahlte Asustín über beide Ohren. Er war wirklich froh darüber, wie sich die Beziehung mit Nye entwickelt hatte. Er hatte es sich nie zu wünschen geglaubt, dass sie Ja sagen würde, nachdem der eigentliche Antrag mehr oder minder in die Hose gegangen war.

*Der Antrag sollte etwas ganz Besonderes werden. Alles war perfekt inszeniert. O'Connor sollte Nye auf das Dach des Reviers lotsen, wo Asustín, umgeben von hunderten Kerzenlichtern und Rosenblättern, auf sie warten würde. Das Dach sah wunderschön aus. Der Sonnenuntergang und die leise Musik im Hintergrund verliehen dem Ganzen etwas noch Romantischeres und rundeten es ab. Der Detective hatte sich ebenfalls in Schale geworfen. Er hatte sich für sein Vorhaben extra einen Anzug maßschneidern lassen.*

*Als Nye dann endlich vor ihm stand, vergaß er alles um sich herum und konzentrierte sich auf das, was er ihr sagen wollte.*
*„Alexa, I-", doch seine Stimme versagte. Panik. Nervosität. Schwitzige Hände. O'Connor, der buchstäblich hinter seinem Kumpel stand, flüsterte: „Alter, sag was, sonst wird's peinlich."*
*„Also, ich ... i-i euh ... i-"*
*„Okay, ab hier übernehme ich lieber", sagte O'Connor und trat vor Asustín. „Was Mr. Stotteranfall sagen beziehungsweise dich fragen will", er griff in die Hosentasche seines Partners und holte eine kleine samtene Box heraus. „Alexa, willst du die Frau von diesem smarten Latino hier werden?" Hoffnungsvoll blinzelte Asustín seine Angebetete an. Diese wischte sich die Tränen aus dem Gesicht und ging auf ihn zu. Sie umfasste sein Gesicht mit beiden Händen und küsste ihn als Antwort. Leise und unauffällig stellte O'Connor die Ringbox ab und ließ die zwei allein.*

Ein Fingerschnippen und sein Name rissen Asustín zurück in das Hier und Jetzt. „Hey, Tico."
Verdutzt schaute er seine Freunde an. „W-was ist los?"
„Adam fragt, ob du schon die drei Ringe der Ehe kennst",

erklärte Grant. Asustíns Ahnungslosigkeit wurde immer größer. Er hatte noch nie davon gehört. „Was sind die drei Ringe
der Ehe?", fragte er also.

Coon grinste. „Na was wohl? Verlobungsring. Ehering. Au-
genring", zählte er an den Fingern ab. „Das Witzige dabei ist,
das mit den Augenringen setzt bei dir mächtig früh ein. Bloß
acht Monate lässt das Baby noch auf sich warten. Nicht mal
die Flitterwochen werden so flitterig mit Braten im Ofen!",
grölte Coon amüsiert. Asustín funkelte ihn grimmig an.

„Hey, komm schon, Ti. Ich will dich doch nur verarschen."

„Kein Problem, Mann. Du kannst ruhig weitermachen, so
fällt es mir wenigstens leichter, zwischen dir und Max als
Trauzeugen zu entscheiden", lachte der Detective. Klar, Coon
hatte alle Spesen übernommen und eine Menge bei der Pla-
nung geholfen, aber O'Connor war nun mal sein bester
Freund und riss keine dummen Sprüche auf Kosten Asustíns.
Während Coon weiterhin versuchte, das Gesagte zu über-
spielen, erhielt Grant eine Nachricht ihres Vorgesetzten.
Sie sollte unverzüglich bei ihm vorstellig werden.


„Wie stellst du dir das eigentlich vor, Adam?", fragte
Asustín, als sie auf dem Revier ankamen.

„Was meinst du?"

„Na, das Bankett. Die letzte Woche bist du doch noch die ganze Zeit mit Gehstock herumgelaufen."

„Ach, ich schaffe das schon. Gestern und vorgestern habe ich ihn nicht gebraucht, heute auch nicht und morgen erst recht nicht. Nicht wahr, Mel?" Der Lieutenant nickte.

„Was hattest du überhaupt angestellt?" O'Connor drängelte sich zwischen Coon und Asustín vorbei.

„Ich war beim Sport", sagte Coon.

„Ah, das ist einleuchtend", feixte O'Connor. „Beim Bettsport sich 'nen Hüftschaden zugezogen."

„Nein, auf dem Golfplatz. Ich wurde vom Caddy unseres Bürgermeisters angefahren. Loch 15! Es war schmerzhaft, und ich konnte die Partie gegen Jared Cohen, den Immobilien-Tycoon, nicht zu Ende -"

„Lieutenant Grant!", brüllte Black quer durch die gesamte Etage und stürmte aus seinem Büro auf das Team zu. „Wo, verdammt nochmal, waren Sie vier? Wir haben drei neue Fälle reinbekommen. Wie Sie wissen, sind momentan aber nur zwei Teams anwesend. Ihr Team und das von Ripkens. Ihretwegen musste ich zwei Fälle an das 12te abgeben."

„Adam hat uns doch nur zum Essen eingeladen", mischte sich O'Connor ein.

Black wurde immer wütender, sein Gesicht lief rot an. „Seit wann hat der Berater über das Team zu entscheiden? Grant, ich warne Sie, machen Sie weiter so und Sie landen ohne Erbarmen in der Streife. Haben Sie das verstanden?"

„Ja, Sir", antwortete Grant kleinlaut mit gesenktem Kopf.

Black trat auf sie zu und kam ihr gefährlich nah. „Was ist das zwischen Ihnen und Coon? Man könnte fast meinen, dass Sie mehr Zeit in der Rückenlage verbringen als bei der Verbrechensbekämpfung."

„Bei allem Respekt, Sir, aber das geht zu weit." Schützend stellte sich Coon vor sie.

„Was wollen Sie von mir, Coon? Denken Sie, ich seh' nicht, was hier vor sich geht? Halten Sie mich für einen Idioten?"

„Legen Sie Ihre Pistole weg, dann fragen Sie mich nochmal."

Black rümpfte verächtlich die Nase und versuchte sich größer zu machen, indem er seinen Brustkorb herausstreckte. „Auf meinem Revier will ich, gottverflucht, nur herausragende, qualitative Detectives. Ich brauch' hier also keine Hampelmänner, wie Sie es sind, Coon!" Die Standpauke des Captains wurde langsam, aber sicher zu einem Machtkampf der Testosteron gesteuerten Alphamännchen.

Coon verschränkte die Arme vor der Brust. „Ihr Name ist Berry. Berry Black. Beginnt man mit dem Zunamen ergibt das Black Berry. Oh, Ihre Mutter muss Sie echt gehasst haben, um

Sie nach einer Telefonmarke zu benennen. Aber hey, sehen Sie es positiv. Wären Sie Asiate, würde es Sie wahrscheinlich noch schlimmer treffen."

„Ich verbitte mir diesen Ton, Mr. Coon!"

*„Ich verbitte mir diesen Ton."*

„Adam", schaltete sich Grant ein.

„Was? Er will effiziente Detectives? Dann sollte er erst einmal ein effizienter Captain sein und nicht so ein hochwohlgeborenes Arschloch!"

Black packte Coons linkes Handgelenk. Er starrte auf das goldene Wertstück an seinem Finger. „Warum tragen Sie noch immer diesen Ring? Um die Frauen auszusortieren, die auf eine feste Beziehung aus sind? Oder sind Sie nach wie vor davon besessen, sich für den Mord an Ihrer Familie zu rächen? Wachen Sie auf, Mann, der Kerl ist tot, die Sache ist gelaufen. Hätte ich damals in diesem Gerichtssaal gesessen, wären Sie längst in der Todeszelle gelandet. Hören Sie auf, diesen Ring zu tragen, es wirkt nämlich ziemlich lächerlich. Irgendwann müssen Sie's beenden, in den Himmel zu starren. Sonst schauen Sie sich eines Tages um und merken, dass Sie selbst längst davongeschwebt sind."

„Sie wollen wissen, warum ich ihn weiterhin trage? Ganz leicht, er hilft mir, mich daran zu erinnern, wer ich ursprünglich mal war. Und zwar ein liebender Vater und Ehemann", sagte Coon mit glasigen Augen. „Aber wenn Sie das nicht nachvollziehen können, dann tut es mir leid für Sie."

Mit großer Mühe konnte er die Tränen zurückhalten, stumm verließ er das Revier. Kurz danach verzog sich auch Black.


Am Abend - Long Beach.

Coon vernahm ein leises Klopfen an der Tür zu seinem Arbeitszimmer, währenddessen er den Geschäftsbericht für *COON Investments* vorschrieb.

„Adam?" Er schaute auf, sagte aber nichts. Sein Blick ruhte auf Grant, bis sie hinter ihm stand und ihn umarmte. Sie stützte ihr Kinn auf seiner Schulter. Sein Duft stieg ihr in die Nase und vernebelte ihre Sinne. Was machte dieser Mann nur mit ihr?

„Was ist los?", fragte er und drehte den Kopf zu ihr.

„Ich dachte, wir könnten es uns jetzt *admantisch* machen."

„Moment, wenn du es sagst, ist es süß? Aber wenn ich auch nur an *admantisch* denke, ist es scheiße, oder was?", lachte er und kümmerte sich weiter um den Papierkram. **Grant setzte sich auf seinen Schoß** und wuschelte mit ihren Fingern durch das eh schon zerzauste Haar von Coon. „Nachdem du weg warst, hatte ich versucht, dich zu erreichen. Viermal", sagte sie.

„Verzeihung", entschuldigte er sich, „aber ich hatte es ausgestellt." Nachdenklich drehte er den Ring an seinem Finger. „Der sollte mir dabei helfen, über den Tod hinwegzukommen. Im Endeffekt habe ich mir lediglich etwas eingebildet, was nicht da war - Heilung -, nur um ein anderes Gefühl zu verdrängen."

Grant schwieg und schmiegte sich an ihn. „Du hast mir noch gar nicht auf meine Frage von heut Morgen geantwortet."

„Welche?", hakte er nach.

„Warum du dich die ganze Zeit so an mich gekuschelt hast."

Coon sah sie überrascht an, dann grinste er allerdings. „Ich fand es irgendwie gut, dass du so kuschelbedürftig warst", nuschelte sie gegen seine Brust. Coon hob ihr Kinn an und blickte ihr tief in die Augen. Grant wusste, was in ihm für ein Sturm wütete. Dennoch wollte sie es aus seinem Mund hören. Er kam ihr näher. Anscheinend ist ihm doch nicht nach Reden, dachte sie. Bevor sich ihre Lippen berührten, flüsterte er in die Stille hinein: „Ich liebe dich."

Die Ermittlerin erstarrte. „Wow, das ist das erste Mal, dass du das L-Wort aussprichst."

Coon nickte. „Du hast Recht. Und weißt du was? Es fühlt sich großartig an. Ich glaube, wir sollten das feiern. Ab ins Schlafzimmer." Er nahm sie in seine Arme und wollte sie wie eine Braut vor sich hertragen, doch Grant stemmte sich mit all ihrem Gewicht dagegen. „Nein", sagte sie.

„Nein?" - „Nein."

Er setzte sein *Coon*-Grinsen auf. „You say no, I say yes."

Grant lachte und raunte: „Wie wäre es gleich hier in deinem Arbeitszimmer?" in sein Ohr. Ihre zarten Finger glitten über den Stoff seines Hemdes entlang der Knopfleiste, bevor sie sich daran zu schaffen machte und es aufknöpfte.


### 24. Dezember, 2015.

Eine schwarze Limousine eskortierte Grant und Coon durch die festlich beleuchteten Straßen Manhattans zum Staatsbankett im Met.

„Ich hasse es", murmelte der Lieutenant und zupfte am Saum ihres neuen Bandeaukleides. Coon betrachtete seine Frau.

„Warum?", wollte er wissen.

„Weil ich das Gefühl nicht loswerde, dass mir das Ding jeden Moment runterrutscht." Coon entrann ein Lachen, er küsste sie auf die Wange. „Meh, du übertreibst. Deine Brüste halten das schon. Übrigens sollten wir nächstes Halloween unbedingt als Anakin und R2- *Doppel* D2 gehen."

Grant seufzte. „Schätzchen, meine Mädels sind kein Doppel D. Und zurück zum Kleid, ich hoffe es inständig für dich."

„Und ich hoffe, dass es nur Gourmetessen gibt. Ein enger Freund von mir hatte mal irgendetwas mit Pilzen in einem Schnell-Resto bestellt. Danach starb er. Es waren Giftpilze, die er serviert bekommen hatte. Daher esse ich meistens nur noch Gourmetküche. Erstens gibt es dabei keine tödlichen Pilze. Und zweitens erst recht nicht, wenn man meinen Namen hört. Ein Post auf Yelp und der Laden ist Geschichte", freute er sich.

„Du bist also Unternehmer, Berater und Yelper? Wow", meinte Grant sarkastisch. Sie schielte zu Coon und sah sein fettes Grinsen. „Na ja", sagte er, „alles irgendwie halbtags. Apropos ... Letzte Woche war ich der Firma wegen im Spionageladen. Ich hätte dort den halben Tag verbringen können. Hauptsächlich, weil ich mich auf jedem Bildschirm sehen konnte." Grant musste bei der Vorstellung kichern, wie sich Coon aus allen Winkeln betrachtete. Sie öffnete ihre kleine Handtasche und suchte nach ihrem Lippenstift, um ihn aufzufrischen. Coon spähte zu ihr herüber, seine Augen rissen weit auf. „Du hast eine Glock in deiner Clutch?"

„Eigensicherung, was spricht dagegen?", antwortete sie und trug unterdessen neuen Lippenstift auf. Danach nahm sie seine Hand und drückte sie leicht. Merkwürdig, sie spürte keinen Ring. „Du hast ihn abgenommen", stellte sie fassungslos fest.

„Ja. Ich habe mir überlegt, dass jetzt der richtige Zeitpunkt für Veränderungen wäre."

Sanft sprach Grant: „Adam, mach ihn wieder dran. So bescheuert es klingt, aber ohne diesen Ring, hätte ich dich nicht kennen gelernt. Es sei denn, du warst damals auf Dating-Seiten, aber das ist 'ne andere Geschichte. Ohne ihn wärst du nie mit Kate verheiratet gewesen. Es hätte vielleicht noch nicht einmal Grace gegeben. Das heißt, du hättest nicht bei FINK gekündigt. Wärst nicht nach New York gezogen. Aber all dem ist nicht so. Du hast Kate geheiratet. Es gab die kleine Grace. Du hast gekündigt und bist hierhergezogen, wodurch ich das *Vergnügen* hatte, auf dich zu treffen."

Coon atmete tief ein, versuchte die richtige Formulierung zu finden. Er griff in die Tasche seines Jacketts und holte seinen einstigen Ehering heraus. „Dennoch symbolisiert der Ring nicht nur unser Zusammentreffen, sondern auch mein altes Leben. Ich habe jetzt aber ein neues Leben mit dir. Und eventuell ... eines Tages ... steht dann ein anderer Ring für *uns*."

Die Limousine fuhr langsam vor und quietschte dezent, als sie zum Stehen kam. Coon schaute zu Grant und dann zum Fenster hinaus. Blitzlichtgewitter und abertausende Fragen, wie er es schon so oft mitmachen musste. Zuletzt auf den Stufen zum Gerichtsgebäude. Während Coon selbstständig aus dem Wagen stieg, wurde Grant von Lincoln, Coons Chauffeur, geholfen. Es fühlte sich auf eine seltsame Art und Weise grandios an, roten Teppich unter ihren Sohlen zu spüren. Coon trat selbstsicher und stets mit einem Strahlen im Gesicht neben sie. Er probierte, die schmale Distanz zwischen ihnen zu überwinden. Doch Grant hielt ihn zurück, indem sie ihre Hand auf seinen Brustkorb legte. Sie konnte seine Muskeln und seinen Herzschlag fühlen. „Nicht hier vor der Presse", flüsterte sie selbst etwas enttäuscht. Coon bot ihr seinen Arm an. Liebend gern hakte sie sich bei ihm unter. Als wäre es Routine, liefen die zwei wie alteingesessene Profis darüber. „Du machst das wirklich ausgezeichnet. Ganz ruhig bleiben. Sei ... einfach nur hübsch wie immer", wisperte er. Verlegen lächelte Grant.

„Ey, Mann!", rief jemand hinter ihnen. Schlagartig drehte sich Coon um und suchte sein Umfeld ab. „Who let the Coon out!", rief es erneut. Ein Mann hob die Hand und winkte ihm zu.

„Stan, amigo", grüßte Coon und ging mit Grant in petto auf ihn zu. „Wie geht es meinem Lieblingspaparazzo?"

„Bestens. Aber wo bleiben deine Manieren, Ad? Wer ist deine reizende Begleitung?" Der Mann zwinkerte ihr zu.

„Stan, das ist Melinda Grant. Mel, Staniel Meyer. Ich vergaß, dass ihr euch noch gar nicht kanntet. Willst du uns nicht deiner Begleitung vorstellen?", fragte Coon neckisch, schüttelte dann aber seinen Kopf. „Ach, nein, brauchst du nicht. Ich denke, Mel ist die neue Nikon durchaus ein Begriff."

Meyer lachte auf und drehte sich kurz zur Seite. „Janette!" Schon tauchte eine junge Frau mit dunkelbraunem Haar neben dem Paparazzo auf. Coon lächelte sie an. Natürlich kannte er die Frau, nur Grant war erneut die Ahnungslose.

„Melinda, darf ich vorstellen, Janette Lauren Roche. Eine äußerst engagierte Redakteurin der New York Post. Janette, Melinda Grant." Die beiden Frauen gaben sich die Hand, und Meyer wandte sich zu Coon. „Du glaubst doch nicht wirklich, nur weil ich hinter der Absperrung stehe, komme ich ohne jemanden, Ad."

„Na ja, viele Male davor war genau das der Fall, alter Knabe."

„Hey, Adam, wusstest du, dass Mike doch nicht da sein wird?", fragte Roche.

„Drecksack Mike Wade wird nicht kommen? Nein, das wusste ich noch nicht. Wo ist er denn, wenn nicht hier?"

Roche zuckte die Schultern. „Zumindest jeden dritten Donnerstag in mir."

„Du hast was mit dem Schmierlappen?", ungläubig guckte Meyer sie an.

„Was tut man nicht alles, um an 'ne herausragende Story zu kommen", meinte sie. Kurz darauf verabschiedeten sie sich, und Grant und Coon betraten endlich das Metropolitan Museum of Art.

Ein hagerer Mann kam ihnen entgegen. Schwarzer Frack, weiße Fliege, glatt gegelte Haare, britischer Akzent, verdammt gerade Körperhaltung und eine Gangart, wie man sie sonst nur von einem Butler kannte. Doch dieser Herr war lediglich einer von vielen Platzanweisern. „Mr. und Mrs. Coon, darf ich Sie zu Ihrem Tisch führen?" Grant wollte etwas dagegen einwenden, beließ es aber dabei. Irgendwie gefiel ihr der Gedanke, mit Nachnamen Coon zu heißen. Während der Mann beide zu ihren Plätzen führte, bemerkte Coon viele ihm bekannte Gesichter. Und wie sollte es anders sein, erklärte er sie Grant. Würde man sie später darauf ansprechen, würde sie sich an gerade einmal fünf oder sechs von schätzungsweise siebzig Menschen erinnern. IT-Giganten, Bänker, Automobilmogule, Erdgasoligarchen, Inkassounternehmer, Wallstreetvirtuosen. Alles Personen, mit denen sie nie wieder zu tun haben würde, dasselbe galt für die Journalisten. Ein paar Meter vor ihrem Tisch hielt Grant an und sagte: „Schau mal, Adam. Dort drüben an der Bar, das ist doch Moreno." Coon nickte. Diese Frau würde er überall wiedererkennen. Selbst, wenn noch tausend andere Rotschöpfe um sie herumstünden. „Setz dich doch schon, ich werd' mal kurz Hallo sagen." Damit ging sie los, und Coon machte seinen Weg zum Tisch. Gerade als er sich setzen wollte, ließ ihn etwas in seinem Augenwinkel zögern. Er schaute auf, dem Mann gegenüber erging es nicht anders. Die zwei erstarrten und waren unangenehm überrascht. Alles in ihrem Umfeld schien wie in Zeitlupe an ihnen vorbeizulaufen. In Coons Kopf schwirrten dumme Kommentare über die Matrix Filme und eine Filmsequenz aus Ace Ventura. „Vom Assistenten also zum Director, huh?", begann Coon und trat einen Schritt vor. Sein Gegenüber tat es ihm gleich.

„Aber, aber, Coon. Nicht Assistent, stellvertretender Director." Mit einem selbstgefälligen Grinsen blickte der aschblonde Mann auf ihn herab. Ja, mit seinen eins zweiundachtzig fühlte sich Coon neben dem zwei Meter großen Cole Spencen vis-à-vis schon etwas klein.

„Du hast dich nicht im Geringsten verändert."

„Wenn ich das doch nur von dir behaupten könnte", erwiderte der neue Chef FINKs. „Wieso bist du hier, Adam?"

„Eine gefährliche Frage, Spencen. Wieso bin *ich* hier, führt unweigerlich zu, wieso bist *du* hier."

„Komm schon!"

„Der alten Zeiten wegen", log Coon.

„Und jetzt die Wahrheit."

„Erstens war ich eingeladen. Zweitens erhielt ich gestern Vormittag einen Anruf. Erfuhr, dass du auch hier sein würdest. Steckte mir vorhin schnell eine Walther ein ... Kurz und knapp, eventuell bin ich hier, um dich eventuell zu töten."

„Ich erhielt ebenfalls eine Einladung und einen Anruf", Spencen zuckte mit keiner Wimper. „Und da wollte ich doch eigentlich dich töten."

Achselzuckend antwortete Coon: „Hmpf, alles eine Frage der Perspektive."

Spencen lehnte sich näher zu dem ehemaligen Attentäter. „Wie sagt man, bleibe immer in der Nähe deiner Freunde, aber verliere nie den Kontakt zu deinem Feind."

Coon und Spencen hatten sich inzwischen gesetzt, nebeneinander, damit sie ungestört ihren „Plausch" fortsetzen konnten. „Töten ist wie Fahrradfahren. Das hattest du mir damals gesagt. Und du hattest vollkommen recht. Es ist einfach, geht schnell und man verlernt es nie." Coon schob seine Hand in die Tasche seines Jacketts. Darin befand sich die benannte Pistole, die er nun gegen Spencens Bauch drückte. „Welch ein Glück für dich, dass ich in diesem Augenblick noch keine Lust auf Fahrradfahren habe. Noch bin ich glücklich und will, ehrlich gesagt, nicht gleich wieder vor Gericht stehen. Aus erdenklichen Gründen."

„Du solltest auch lieber glücklich sein." Coon schaute ihn fragend an. „Du bist gewiss nicht wegen deiner rührenden Rede freigesprochen worden. Nein. Ich hab' die Geschworenen durch einen Hintermann bestochen. Ich sag' mal so, du warst einer von uns, von FINK. Einmal FINK, immer FINK. Wegen einer solch kleinen Blamage sollte niemand leiden müssen. Wo bleibt sonst auch der Spaß für mich." Coon traute seinen Ohren kaum. Der Mann, der Bertram Brick beauftragt hatte, seine Frau und seine Tochter umzubringen; der Mann, der einen Autounfall inszeniert hatte, um auch noch seine Eltern aus dem Leben zu reißen; der Mann hatte ihn vor dem Gefängnis bewahrt. Spencens Grinsen machte dem eines Irren starke Konkurrenz. Von Gefühlen überrumpelt, sprang Coon von seinem Stuhl auf und suchte nach Grant, die immer noch mit Moreno an der Bar stand. „Salut, mein Bester", rief ihm Spencen noch hinterher, bevor er aus seiner Hörweite war.

Coon verdrängte das Gespräch und versuchte, so normal wie möglich zu wirken. „Hey, Farah", begrüßte er den einstigen Captain und One-Night-Stand.

„Wir haben gerade von dir geredet", meinte Grant.

„Ich hoffe nur Gutes."

„Oh ja! Der war gut", lachte Moreno und nippte an ihrem Calvados.

Coon schaute Grant eindringlich an. „Hör mal, Süße, wir müssen leider los."

„Was? Wieso?", fragte sie erschrocken. „Es ist doch erst kurz vor neun."

„Ja, ich weiß, aber mir geht es nicht sonderlich gut."

„Na gut, dann gehen wir", sagte sie noch immer leicht irritiert. „Ciao, Farah."

„Tschüss."

# KAPITEL ZWEI

Legt ihn um", klang es in den Ohren zweier Männer. Einer positioniert auf dem Dach eines Hochhauses. Vor ihm sein Remington MSR. Der andere startete seinen Wagen und fuhr langsam los. Es war einundzwanzig Uhr.

Coon lief Grant voraus und trat auf die Straße, um nach Lincoln Ausschau zu halten. Nirgends sah er ihn. Schulterzuckend drehte er sich zu Grant, als ein Auto den Asphalt entlang raste. Es wurde immer schneller und steuerte direkt auf das Met zu. Noch bevor irgendjemand auch nur irgendetwas unternehmen konnte, erfasste das Auto Coon und schleuderte ihn meterweit durch die Luft. So weit, dass er rücklings auf einem anderen geparkten Auto landete. Panik brach aus. Grant rannte los und war wenige Schritte von ihm entfernt, da folgte ein Schuss auf den Autounfall. Die Kugel verfehlte den Bewusstlosen mehr oder minder. Das Projektil zischte an seinem linken Auge vorbei und hinterließ eine rote Linie. So gerade, als wäre sie mit einem Lineal gezogen worden. Coons Körper rutschte vom Heck herunter auf die Straße. Grant kniete sich neben ihn und stützte seinen Kopf. Bald umschloss Blut ihre Finger. Sein Puls war schwach, und sein Herzschlag unregelmäßig. Man sah es ihm nicht an, aber er kämpfte. „Adam", hörte er immer wieder eine in Tränen aufgelöste Stimme. Auf dem Asphalt vermischte sich salzige mit warmer, roter, klebriger Flüssigkeit. Sirenen kamen näher. Grant drehte ihn in ihrem Schoß herum und streichelte sein Gesicht, bedacht darauf, nicht die Wunde zu berühren. „Bleib hier, Adam, hörst du mich? Ich sag' dir, wenn du mir jetzt stirbst, ich mach' dir die Hölle heiß. Halt einfach durch. Hilfe ist unterwegs. Bitte." Die Sirenen verstummten. Die aufblitzenden Signallichter blendeten sie. Ihr Gesicht wurde immer blasser, als sie noch einmal seinen Puls fühlte. „Beeilung, er wird immer schwächer." Die Sanitäter rannten herbei. Plötzlich spürte Grant zwei Hände auf ihren Schultern. Es war einer der angerückten Streifenpolizisten. Er nahm sie beiseite und versuchte, beruhigend auf sie einzureden. Grant schaltete ab. Sie wollte nicht hören, dass alles wieder gut werde. Durch ihren Tränenschleier beobachtete sie zitternd, wie die Sanitäter Coons Hemd aufschnitten und Kabel auf seiner Brust anbrachten, um die Vitalwerte zu überprüfen. Ihm eine Halskrause anlegten.

Ein kalter Schauer lief ihr über den Rücken. Ein Mann stand auf den Stufen zum Met, er lachte sie an und prostete ihr mit einem Drink zu, bevor er zurück in das Museum ging. Sie wandte ihren Blick von der Szenerie ab und starrte ins Leere. „Fahren Sie mich zu ihm ins Krankenhaus", forderte sie den Polizisten auf. Er nickte und brachte sie zu seinem Streifenwagen.


Drei Stunden darauf war Coon inzwischen aus dem OP und lag nun auf der Intensivstation. „Was ist nur in diesen Kerl gefahren?", murmelte Grant und spielte mit Coons Fingern.

„Laut Zeugen und Polizei ein gelber Opel Adam, Miss", erklärte Doktor Victor Davidson, als er das Patientenzimmer betrat. Grant runzelte die Stirn. „Was? Nein, nicht *er*." Der Arzt schaute sie besorgt an. An ihren Händen, auf ihrem Kleid und in ihrem Gesicht klebte überall Blut, vermutlich das von Coons Wunde am Hinterkopf. „W-wie ist sein Zustand?"

„Na ja ..."

„W-was meinen Sie mit na ja?", schluchzte sie.

„Er hat eine Wirbelsäulenfraktur. Sein Hüftschaden ist schlimmer geworden. Dann wären da noch zwei Rippenbrüche, die das kleinere Übel darstellen. Aber eine der Rippen stach durch den rechten Lungenflügel - keine Sorge, wir konnten den Knochen entfernen und die Lunge nähen", er machte eine Pause, um auf sein Klemmbrett zu schauen. „Sie haben angegeben, dass er sehr viel Alkohol konsumiert. Erstaunlicherweise ist seine Leber gesünder als meine, und ich bin Muslime", lachte er leicht. Auch Grants Mundwinkel zuckten kurz nach oben. „Wann wird er wieder aufwachen?", fragte sie und betrachtete die genähte Wunde neben Coons Auge.

„Ms. Grant, Sie müssen wissen, an dem Unfallort war er so gut wie tot. Kein Herzschlag über vier Minuten. Auf dem Transportweg war er weitestgehend stabil, aber kurz vor dem OP war er erneut eine Minute weg. Wir behalten das unter strengster Beobachtung, das bedeutet aber auch, sobald er wieder bei Bewusstsein ist, wird er anfangs einmal die Woche zum Kardiologen gehen müssen. Aber darüber reden wir später noch einmal. Alle zwei Stunden wird eine Schwester hereinkommen und seine Werte checken. Sollte zwischenzeitlich, was wir nicht hoffen, etwas passieren, drücken Sie sofort auf den roten Knopf neben seinem Bett. Denn eins kann ich Ihnen versichern, einen dritten Herzstillstand wird er garantiert nicht überstehen, so leid es mir tut."

Die nächsten Wochen und Monate wich Grant nie von Coons Seite. Zu den Festtagen hatte sie ihrer Familie abgesagt, lieber las sie ihm Bücher vor. An Silvester hatte sie nicht auf die Anrufe ihrer Freunde reagiert, war nicht wie jedes Jahr auf den Time Square gegangen. Stattdessen hatte sie Coon über ihre Kindheit und den dämlichen Glückskeksbrauch erzählt, den sie immer zu Silvester zelebrierte, weshalb sie auch zwei von den Dingern mitgebracht hatte. In ihrem stand: *Einige Menschen träumen von dem großen Glück, andere von Keksen.* Sie hatte gekichert und den Keks gegessen, bevor sie sich Coons zuwandte. *Mach alles falsch, wenn du nichts falsch machen willst. Denn höre, es gibt keinen erkennbaren Weg vor uns, sondern nur hinter uns.* Sie hatte eine Weile darüber nachgedacht, konnte sich aber keinen Reim darauf machen. Philosophie um null Uhr zehn war ihrem Hirn eindeutig zu hoch.

So hatte sie sich den Start in das Jahr 2016 ganz bestimmt nicht gewünscht. Manchmal stellte sie sich vor, eine Regung an ihrer Hand, welche seine hielt, zu spüren. Dann saß sie einfach nur da. Wie lange, das hätte sie hinterher beim besten Willen nicht sagen können. Wie in Trance gefangen zog alles an ihr vorbei. Die wunderschönen und lustigen, aber auch traurigen Momente mit ihm. Die schlimmen, nervigen Phasen ihrer gemeinsamen Zeit, in denen sie sich dachte: Wie hast du das ausgehalten? Und: Ich kann nicht mehr … Sie konnte nicht mehr. Sie war am Ende ihrer Kräfte. Sie wollte am liebsten nur noch weg. Die Vorstellung eines Lebens nun ohne Adam Coon – das konnte sie nicht. Er war, wie sie es brauchte. Er war sanft und verständnisvoll, wenn sie es brauchte, wenn ihr die Zuneigung gut bekam. Dennoch hatte er auch eine gröbere, wildere Seite. Dabei waren Zärtlichkeiten oder ein Vorspiel vergessen. Wieder verschleierten Tränen ihre Sicht. Um sich zu beruhigen, legte sie ihren Kopf auf seine Brust und lauschte dem regelmäßigen Piepen der Maschinen.

### _04. Februar, 2016._

Ein widerliches Geräusch ließ Asustín aus seinem Schlaf hochfahren. Er rieb sich die müden Augen und streckte sich, bevor er schaute, wo das Geräusch seinen Ursprung hatte. Letztendlich fand er sich vor der Badezimmertür wieder. Verschlafen kratzte er sich am Kopf und fragte: „Was machst du da drin?"

„Ich geb'ne Teegesellschaft, was denkst du denn?", antwortete Nye giftig, tätigte die Klospülung und öffnete die Tür.

„Mach dir keine Sorgen um mich, es ist nur die Morgenübelkeit." Asustín stöhnte überfordert auf und runzelte die Stirn.

„Was ist los mit dir?"

„Ich frag' mich nur, wie du auf einmal so gelassen sein kannst", sagte er. „In dir ein kleines Baby, vor dir ein riesiges Baby. Ist das nicht nervenaufreibend?"

Nye lachte und küsste ihren Verlobten. „Natürlich ist es ein bisschen stressig. Erst unsere Hochzeit, dann der Alltag, das Baby, der Alltag mit Baby, und seit fast zwei Monaten auch noch das mit Adam", sie hielt kurz inne, „ich hab' Bange um Mel. Seit Adam im Koma liegt, hab' ich sie kaum einmal gesehen."

Asustín nickte und fuhr sich übers Gesicht. „Auf dem Revier hat sie sich mittlerweile krankgemeldet, weil sie ihren Urlaub schon aufgebraucht hat. Captain Black macht sich auch langsam Gedanken über sie. Fragt jeden Tag, ob wir von ihr gehört hätten." Nye drückte sich fest an ihn und vergrub ihr Gesicht an seiner Brust.

„Ti?" - „Hm?.."

„Deine Jogginghose vibriert."

Der Detective griff in die Tasche nach seinem Telefon.

„Maxman, was erteilt mir die Ehre, deine wundervolle Stimme zu dies' früher Stund' zu hören?"

„Hast du was genommen?", wollte O'Connor wissen. „Warte, sag's mir besser nicht. Warum ich anrufe, es gibt Arbeit für uns."

Asustín fuhr mit Coons altem Dodge Charger vor, parallel kam O'Connor mit dem Lotus an. Im Apartment des Geschehens angekommen, stand Stuart in der Schlafzimmertür.

„Was haben wir, Ellie?", fragte O'Connor.

„Einen Toten. Weiß, um die Vierzig, moppelig. Und dann noch eine unbekannte Fremde, die sich als Detective eures Teams ausgibt."

„Was?", kam es unisono.

„Ja, sie wartet dort drüben an der Küchentheke." Zusammen gingen die drei zu der jungen Frau. Asustín schätzte sie auf Ende Zwanzig. Sie entgegnete ihnen mit einem Strahlen und reichte den Mordermittlern die Hand. „Hi, ich bin Bethy Slown. Sie müssen Detective Asustín und O'Connor sein. Um die Situation kurz zu erläutern ... Vor zwei Monaten hab' ich an der Academy meinen Abschluss gemacht. Danach bin ich erst ins Drogendezernat und jetzt hierher ins Morddezernat. Und da ich neu bin, meinte Captain Black, es wäre großartig,

wenn ich Erfahrung in seinem erfolgreichsten Team sammeln
würde." Die Detectives nickten einverstanden, und O'Connor
sagte: „Na dann, ein herzliches Willkommen an Bord. Sie
können uns gleich mal folgen." Gemeinsam ging das Team in
Richtung Wohnzimmer. „Ihr erster Mordfall, das kann ein
Spaß werden. Ich erinnere mich noch an meinen ersten Fall ...
immer diese eifersüchtigen Ex-Ehemänner", erzählte Asustín
und betrat als Erster das Wohnzimmer. „Ah, Gott!", rief er,
„Bethy, bleiben Sie draußen." Er steuerte zurück, doch Slown
hatte es bereits gesehen.

„Ew, hat der etwa 'ne Flasche im Arsch stecken? Das irgh ..."

„Ellie, warum?", fragte O'Connor entsetzt.

Die Pathologin schaute den Detective an. „Woher soll ich das
wissen? *Warum* ist euer Job. Mein Job ist das *Wie* und *Wann*.
Der Temperatur zufolge starb er vor gut zehn Stunden, gegen
elf Uhr abends. Momentan sieht alles nach einem otobasalen
Schädelbasisbruch aus. Wie ihr seht, tritt Blut und Cerebro-
spinalflüssigkeit aus den Ohren aus, verursacht durch das eigentliche Trauma, der hohen Gewalteinwirkung im Kopfbe-
reich. Dadurch wurden knöcherne Strukturen der hinteren
Schädelgrube an der Basis verletzt."

Slown betrachtete das Opfer erneut. „Hat die Spurensicherung die Flasche schon auf Fingerabdrücke untersucht?"

O'Connor guckte sie an. „Sehr gute Fragestellung, Detective."

„Von wegen Erfahrung sammeln. Die will uns unsere Posten streitig machen", flüsterte Asustín scherzend.

O'Connor setzte fort: „Ich denke, die Flasche wurde noch nicht begutachtet, weil sie ... na ja, noch hinten drinsteckt. Wie heißt der Kerl eigentlich?"

„Russel Quinn", sagte einer der Officer.


„Was haben wir denn hier?", fragte O'Connor später am Abend. „Einen typischen Fall von Hintergehe-deine-Kollegen."

Black blinzelte ihn ungläubig an. „Wovon reden Sie, Max? Und warum sind Sie nicht bei Ihrem Team? Sie haben einen Fall."

„Ich hab' sie nach Hause geschickt, wir haben heute beachtliche Fortschritte in den Ermittlungen gemacht. Zurück zu Ihrer ersten Frage. Was fällt Ihnen ein, ohne Bescheid zu geben mir einen neuen Detective zu schicken?"

„Ich bin Captain, ich darf das. Detective Slown hat Ihnen doch keine Probleme bereitet, oder? Wenn doch, müssen Sie das melden, sie ist immerhin noch auf Probe."

„Nein, nein, sie hat spitzen Arbeit geleistet. Trotzdem ... Nachdem Detective Grant sich bis auf Weiteres krankgemeldet hatte, überschrieben Sie *mir* die Leitung des Teams. Das bedeutet, Sie haben mir mitzuteilen, sobald Sie Änderungen an *meinem* Team vornehmen."

Black hob abwehrend die Hände. „Ja, okay. Das mit dem Bescheid geben, hab' ich versäumt, aber wenn wir schon mal dabei sind. Sollte Detective Asustín in die Flitterwochen aufbrechen, und der Lieutenant ist bis dato nicht zurück, werden Sie noch einen Zuwachs bekommen."

<u>**05. Februar, 2016.**</u>

Es war gegen ein Uhr mittags. Das Team um O'Connor hatte den Fall „Flasche im A" gerade abgeschlossen. Detective Bethy Slown stand nun vor ihrem neuen Captain und sollte für ihn die Ermittlungen detailliert vortragen. „Was denkst du, wird sie Captain Permafrost überzeugen können, dass sie für den Job geeignet ist?" Asustín wandte sich zu O'Connor. Dieser zuckte die Achseln. „Würde sie wissen, dass das so was wie ein Eignungstest ist, würde ich Ja sagen."

„Sie muss ihm ja nur sagen, dass dieser Rusti seine Angestellten wie Dreck behandelt hat. Einer von ihnen, Remy Cruise, wütend wurde, in Rustis Apartment einbrach, ihm mit einem Hammer den Schädelbasisbruch zufügte -"

„Und letztendlich die Flasche reinschob, warum auch immer", nickte O'Connor.

„Unglaublich, dass wir anfangs dachten, Rusti hätte 'ne blütenweiße Weste."

„Dass er seine Angestellten so unwürdig und scheiße behandelt hat, wirklich grauenvoll."

„Hey, Max", unterbrach jemand das Gespräch der beiden Männer. Dieser jemand hieß Tracey Dearing, sie war die IT-Spezialistin auf dem 17ten und O'Connors ehemalige Liebschaft. „Ich hab', was du wolltest." Sie händigte ihm einen kleinen, schmalen, gelben Schnellhefter aus.

„Danke", sagte er, ohne den Blick von Blacks Büro abzuwenden. Minuten verstrichen, bis er den Hefter öffnete. Es handelte sich um einen Backgroundcheck zu Slown, schließlich wollte er genau wissen, mit wem er zwangsweise arbeiten musste.

*Bethy Slown jr., geboren am 11ten April 1987 in New York*

*Familienstand: ledig*

*Größe: 1,65 m; Konfektionsgröße: 34; Schuhgröße: 36*

*Augenfarbe: grün*

*Blutgruppe: AB positiv*

*Allergien: Penicilline, Pollen, Lavendel*

*Wohnstätte: Wohnung. Jackson Heights, Queens. 93ste, Nähe Junction Boulevard.*

Sie hat an alles gedacht. Zwar 'ne chaotische Ordnung, aber alles Wichtige ist dabei, dachte er, als er die ersten zwei Seiten las. Er blätterte auf die nächste Seite, die die Überschrift Familie trug. Nächste Seite. Freizeitbeschäftigungen in der Kindheit und Jugend. Auf der vierten und fünften Seite war ihre Bildungslaufbahn aufgeführt.

Eine knarzende Tür, und O'Connor schreckte aus den Notizen auf. Slown und Black traten auf den Flur. Er schüttelte lächelnd ihre Hand. „Herzlichen Glückwunsch." Strahlend und überglücklich lief sie zu den Jungs und hielt ihren neuen Dienstausweis und ihre Dienstmarke hoch in die Luft. Sie quiekte: „Offiziell eine Mordermittlerin."

„Das sollten wir ordentlich feiern", O'Connor rieb freudvoll die Hände. Asustín lehnte höflich ab, während Slown bereits am Aufzug auf ihren Teamleiter wartete.


*06. Februar, 2016.*

„Zu viel Party", nuschelte Slown und knetete sich verkatert die Stirn. O'Connor erging es nicht anders. Vielleicht hatten die zwei gestern zu viel auf den Putz gehauen. Asustín war sichtlich amüsiert und spazierte heiter mit einem Pott Kaffee in das Büro. „Cappuccino für mich und zwei Packungen Aspirin für die Partylöwen unter uns." Er warf seinen

Kollegen die Tabletten zu und setzte sich grinsend. „Ich gratuliere, Bethy, dritter Arbeitstag und schon verkatert." Slown rollte die Augen, und O'Connor massierte seine Schläfen. Plötzlich kam Nye schnellen Schrittes auf das Team zu.

„Chica, was machst du hier?", fragte Asustín. Sie aber fuchtelte nur mit ihrem Telefon vor seiner Nase herum. „Er ist wach!", rief sie.

„Woher weißt du das, kam's etwa schon in den Nachrichten?" O'Connor sprang aus seinem Stuhl, das Kopfdröhnen war vergessen.

„Nein, aber Mel hat mir geschrieben."

Black, der an ihnen vorbeilief, blieb abrupt stehen und schaute perplex von seiner Akte auf. „Coon ist wach?" Die drei nickten. Slown kam nicht ganz mit und hielt sich bedeckt. Natürlich hatte sie schon von dem Kanadier gehört. Aber dass ausgerechnet ihr neues Team anscheinend sehr gut mit ihm befreundet war, damit hatte sie nicht gerechnet.

Die guten Neuigkeiten hatten schnell die Runde gemacht und schon bald wussten auch die Medien davon. „Mel!", sagte O'Connor lauthals, als er den Blondschopf aus dem Aufzug steigen sah. Er rannte zu ihr und zog sie in eine enge Umarmung. Die zwei anderen taten es ihm gleich. Nye nahm Grants Gesicht in beide Hände, erst jetzt sah sie die

aufgequollenen Augen. Auch sonst sah sie ziemlich mitgenommen, gar verstört aus. Coon war doch aus dem Koma erwacht. Sie musste doch eigentlich Quantensprünge vor Freude machen? Stattdessen stand sie da wie ein begossener Pudel. „Was ist passiert, Schätzchen?"
Der Lieutenant schüttelte nur den Kopf. Die angestauten Tränengüsse sprudelten nur so aus ihren Augen.

*Wie sonst auch saß Grant in dem unbequemen Plastikstuhl neben dem Krankenbett. Sie war an einem Punkt angelangt, an dem sie dachte: Was mache ich hier noch? Frustriert warf sie ihren Kopf in den Nacken und schloss für einige Momente die Augen. Sechs Wochen, zwei Tage und circa sechzehn Stunden lag er nun schon im Koma. Mit Daumen und Zeigefinger rieb sie sich ihr Nasenbein. Ein Krächzen erfüllte das Zimmer. Sie hielt inne und schaute sich um. Coons Augen begannen zu flackern. Eine seiner Hände griff nach der Sauerstoffbrille und riss sie aus der Nase. „Augh ... augh ... aua", stöhnte er heiser. Ungläubig richtete Grant sich auf und beugte sich vorsichtig über ihn. Seine Augen leierten, sein Gehirn schien mit der Situation überfordert zu sein. Als er Grant bemerkte, drehte er seinen Kopf leicht zu ihr und lächelte verstohlen. Wie sollte es auch anders sein? „Hallöchen, wer sind Sie denn, Sie hübsches Ding?", fragte er. Fortwährend kniff er die Augen zusammen, um sich an die Helligkeit zu gewöhnen.*

„Hör auf mit dem Scheiß", kicherte sie, bevor sie seine Stirn küsste.
Doch Coon guckte sie nur stutzig an. „Nein, im Ernst. Ich habe
wohl zu wissen, mit welcher Schönheit ich es hier zu tun habe."
Grant kicherte weiter. „Komm schon, Adam."
Jetzt war das Chaos komplett. „Wer ist Adam?"
Entsetzt wich Grant zurück und stolperte aus dem Zimmer, hinaus
auf den Gang. „Dr. Davidson", rief sie panisch, als er den Flur ent-
langkam.
„Ist was passiert?"
„Ja. Adam … er ist aufgewacht, aber er-er -"
„Hey, ganz ruhig. Wir werden jetzt zu ihm gehen, und dann wird
sich mit Sicherheit alles klären." Schniefend folgte sie ihm.

Coon hatte in der Zwischenzeit Wertsachen gefunden. Brennend
hatte ihn der Ausweis im Portemonnaie interessiert. Er sah ein
Lichtbild, einen Namen und andere diverse Angaben. Indem er das
schwarze Display des Telefons als Spiegel nutzte, verglich er das
Passfoto mit seinem Spiegelbild. Bis auf die ein oder andere Falte
mehr im Gesicht gab es sonst keinerlei Unterschiede.

Das war er also. Adam Coon.
„Wundervoll, Sie wieder unter den aktiven, statt passiven Personen
zu haben, Mr. Coon", unterbrach Dr. Davidson seinen Gedanken-
fluss. Coon schaute auf. „Schöne Uhr", meinte der Weißkittel und
deutete auf den chromumfassten Zeitmesser.

„Schönes Klemmbrett."

„Tauschen?"

„Euh, nein", konterte er mit kratziger Stimme.

„Sie haben Kopfschmerzen, nicht wahr?", stellte Dr. Davidson fest. Coon nickte. „Verdammt, wie ich es befürchtet habe", murmelte der Arzt in Grants Richtung, dann wandte er sich wieder zu seinem Patienten. „Mr. Coon, was ist zwei plus zwei?"

„Vier?"

„Und wann wurden Sie geboren? Nicht auf den Ausweis gucken." Er überlegte und zuckte die Schultern. „Keine Ahnung, das kann ich Ihnen nicht sagen, Doc."

„Okay." Dr. Davidson notierte Gedächtnisschwund. Konnte es aber gleich wieder streichen, als Coon ihn auf die nächste Frage antwortete. „Was ist das Letzte, an das Sie sich erinnern können, bevor Sie hier aufgewacht sind?"

„An nichts. Ein einzig großes, schwarzes Loch." Dr. Davidson fuhr sich übers Gesicht. Er ließ sich Zeit, ehe er fortfuhr. Grant schaute ihn verloren an. „Es sieht ganz nach einer dissoziativen Fugue beziehungsweise Amnesie aus", meinte er schließlich. „Wenn alles gut läuft, dann ist die Amnesie nur temporär. Es ist von äußerster Wichtigkeit, dass er all seinen Gewohnheiten nachgeht und einen geregelten Tagesablauf hat. Das Gehirn muss jetzt eine Menge arbeiten. Unerwartete Änderungen können zu nachhaltigen Schäden *führen. Wie zum Beispiel Amnesie ad infinitum, Gedächtnisverlust auf allezeit."*

*Coon kroch aus dem Bett und streckte sich. „Meh, sehen Sie das nicht so eng, Doc", gähnte er.*

*Grant verließ den Raum, sie hörte nur noch, wie Doktor Davidson sagte: „Wenn Sie es einfach auf die leichte Schulter nehmen, können wir theoretisch auch auf den Buchstaben G verzichten, aber diese Idee wäre eistlos und rotesk."*


„Und wo ist er jetzt?", fragte Asustín und streichelte beruhigend über ihren Rücken.

„Noch im Krankenhaus. Chuck fährt ihn später nach Hause", antwortete Grant leise.

# KAPITEL DREI



*__08. Februar, 2016.__*

Viel Trubel und dennoch gab es keinen Fall für das Team. Dass O'Connor der neue Teamleiter war, hatte Grant nicht gestört. Ganz im Gegenteil, es kam ihr sogar sehr entgegen. Kein Fall, keine Verantwortung für das Team, so hatte sie Zeit für anderes.

Den halben Arbeitstag hatte sie damit zugebracht, einen Ort zu finden, der abgeschottet, wenn nicht sogar im Geheimen lag. Sie entschied sich für die Dachkammer, um ein paar Ermittlungen zu unternehmen. Der Detective in ihr wollte endlich wissen, wer und was auf dem Bankett passiert war. Das Central Park Revier arbeitete ihr zu langsam. Eine abgenutzte Tafel aus Stahlemaille half ihr, eine Übersicht zu schaffen. Bisher befand sich auf dieser Tafel aber nur die Beschreibung des mysteriösen Mannes auf den Stufen des Museums. Zu ihrem Pech wollte das Central Park Revier partout nicht die Gästeliste herausrücken. Also musste sie anderweitig fortsetzen und irgendwie an den Veranstalter herankommen. Ein älteres und wohlhabendes Ehepaar. Wenigstens wusste sie dessen Namen.

Sie warf ihren leeren Kaffeebecher zusammengeknüllt in die Ecken und machte sich auf die Beine, um sich einen neuen Kaffee zu holen. Während die braune Brühe durch den Filter lief, lauschte Grant dem Lied im Radio. „That girl is pretty kinky. The girl's a super freak", summte sie leise mit. „Ah, Detective Grant, da sind Sie ja", sagte Slown erleichtert. „Das Telefon an Ihrem Schreibtisch hat geklingelt. Irgendeine Vivian Thompson meinte, es gäbe Probleme mit -" Mehr konnte sie gar nicht sprechen. Grant lief eiligen Schrittes an ihr vorbei und vergaß ihren Kaffee. Thompson war eine Haushälterin Coons und hatte versprochen, ein Auge auf ihn zu werfen. Sie griff zum Hörer und fragte aufgebracht: „Was ist los?"

„Hören Sie selbst", antwortete Thompson.

Im Hintergrund hörte man Coon lauthals brüllen und Sachen durch die Gegend schmeißen. Manchmal drang ein kleines Schniefen durch. „Das ist doch alles scheiße! Mann, ich verlaufe mich in meinem eigenen Haus!" Irgendetwas schepperte und Glas zersprang.

„Ich bin gleich da", meinte Grant noch bevor sie auflegte. Ich benutze einfach Sirene und Blaulicht, sagte sie sich, als sie an den dichten Verkehr dachte.


### _09. Februar, 2016._

„Verkrampfen Sie sich doch nicht so beim Fahren, das ist schlecht für die Gelenke", meinte Coon zu Grant. Er beobachtete sie schon die gesamte Fahrt über.

„Und du sollst dir endlich merken, mich nicht zu siezen."

„Ich bestehe aber darauf."

Grant seufzte. „Kaum zu glauben, dass du dich an nichts erinnern kannst. So wie du dich noch immer gibst." Sie drehte am Lenkrad und bog in die Tiefgarage zum Revier. Coon erhaschte kurz einen Blick auf das Gebäude. „Erstens hat mein Verhalten nichts mit meinem Gedächtnis zu tun. Zweitens hier arbeite ich?"

„Kann man so sagen, du bist Berater in meinem Team."

„Und in was berate ich Sie?"

„Na gut, du berätst uns nicht in dem Sinne. Viel mehr lässt du deine zahlreichen Kontakte spielen, hast immer die Telefonnummer irgendeiner hochangesehenen Person parat."

„Wie bitte, was? Ich besitze Nummern von Promis?"

„Korrekt", zuckte Grant die Schultern und schaltete den Motor ab. Coon fischte sein Telefon aus der Jacke. Aus einem fetten Grinsen wurde jedoch schnell ein Schmollmund. Das Telefon packte er weg. „Ich vergaß, keine Erinnerungen, keine Passwörter."

Captain Black lehnte an Grants Schreibtisch. Er wollte, wenn möglich, der Erste sein, dem Coon begegnete. Nicht mit bösen Absichten. Nein. Er hatte es nach dem Anschlag auf Coon sehr bereut, ihn und Grant so harsch angegangen zu sein. Einen Neustart, hatte er es genannt, wollte er versuchen. O'Connor, Asustín und Slown gesellten sich zu ihrem Vorgesetzten. Coon und Grant stiegen aus dem Lift und gingen auf die Gruppe zu. Grant schenkte ihnen ein Lächeln und flüsterte zu Coon: „Ich bin oben in der Dachkammer, falls du was brauchst", bevor sie weiterlief. Nun war er auf sich allein gestellt. „Euh, ja. Hi", sagte er etwas zurückhaltend. „Ich bin Adam."
O'Connor klopfte ihm auf die Schulter. „Das wissen wir."
„Oh, wie schön." Er begann in seinen Taschen zu suchen. Zog ein kleines Notizbuch heraus und blätterte es auf. „Maxwell, richtig?" O'Connor nickte. „Dann müssen Sie Asustín sein. Und Sie zwei Slown und Black", meinte Coon. „Schön, Sie

alle kennenzulernen. Ich hoffe auf gute Zusammenarbeit", lächelte er. Nachdem er noch einen feuchten Händedruck vom Captain erhalten hatte, setzte er sich hinter Grants Schreibtisch und fuhr den Computer hoch. Er hatte eine Idee.

Coons halbes Notizbuch war inzwischen vollgeschrieben. Darin standen Sachen wie: Chef zweier Firmen. Keine lebenden Verwandten. Frau und Kind verloren. 2014 Platz 2 New Yorks begehrtester Junggesellen. Internetseiten, die über seinen „Unfall" berichteten, vermied er. Aus unerfindlichen Gründen, seiner Meinung nach, wollte er nicht wissen, was passiert war. Auch, wenn er die Narbe neben seinem Auge genial fand. Er rief eine neue Seite auf und zog scharf Luft. „Was?", er flippte beinahe aus. „Zweiundvierzig Frauen? Ich weiß nicht, ob ich das als echt geil oder krank bewerten soll. Maxwell, was meinen Sie?"
Dieser schüttelte schmunzelnd den Kopf. „Ich kann bloß sagen, dass du mit deinen Eroberungen nur zu gern geprahlt hast." Coon nickte nachvollziehend und notierte sich etwas dazu. „Such mal nach Adam Coon Gericht", meinte Asustín. Dieser schaute ihn an. „Dass ich angehender Anwalt war, weiß ich bereits."
„Gib es trotzdem ein und tipp noch 2015 dahinter." Als Coon die Enter-Taste drückte und erste Ergebnisse erschienen,

weiteten sich seine Augen. „*Adam Coon. Wegen Mordes vor Gericht.* Oh, ich bin ja übel." Er steckte das Notizbuch ein und sagte: „Ich schau mal, was Melinda macht."

„Klopf, klopf", flüsterte Coon und stieß sich beinahe den Kopf an einem Holzbalken. Grant antwortete nicht, stattdessen schrieb sie so etwas wie eine Gleichung an die Tafel.

*Opel Adam + Schuss = 2 Personen (+ mysteriöser Mann = 3 Hauptverdächtige → ???)*

Die Drei schrieb sie extra dick, um sie hervorzuheben.

„Was machen Sie da?"

Schließlich drehte sie sich zu ihm. „Paar Nachforschungen", antwortete sie.

„Zu was?"

„Zum Beispiel zu dem hier." Sie schritt auf ihn zu und fuhr die Narbe in seinem Gesicht nach. „Ich will wissen, wer dafür verantwortlich ist und warum er das getan hat. Welche Gedanken er dabei hatte." Grant setzte sich auf den Boden, den Rücken gegen einen Stützpfeiler gelehnt. „Und was hast du so gemacht?"

„Ich", theatralisch pausierte er, „habe mich im Internet recherchiert." Er kicherte unaufhörlich. „Okay, vorher habe ich mir Katzenvideos angeguckt. Herrlich." Grant rappelte sich auf und nahm ein Phantombild des mysteriösen Mannes von der Tafel ab. Damit ging sie zu Coon. „Ich weiß, es fällt dir schwer und du willst von *dem* Tag bis jetzt noch nichts wissen, das respektiere ich. Dennoch habe ich eine Bitte an dich, schau dir das hier an. Vielleicht erinnerst du dich ja doch an etwas."

Er schüttelte den Kopf. „Nein."

„Versuch's wenigstens." Sie hielt ihm das Blatt Papier entgegen, nur widerwillig griff er danach. „Ich -"

„Grant?!"

„O-oh", wisperte sie, als sie Blacks bebende Stimme hörte.

Black erreichte die Dachkammer und war selbst überrascht, sie hier oben anzutreffen. „Was machen Sie hier?", wollte er daher wissen.

„Dasselbe könnte ich Sie fragen, Sir."

„Zu meiner Verteidigung, ich habe Sie gesucht, Lieutenant. Das fucking komplette Revier habe ich nach Ihnen abgesucht. Mittlerweile hab' ich vergessen, was ich Ihnen sagen wollte. Aber genug davon, jetzt will ich eine Antwort."

Grant schaute zu Coon, dann wieder zu Black. „W-wir haben ein ungestörtes Plätzchen gesucht zum, na ja, Sie wissen schon."

„Nein, das haben Sie nicht. Hören Sie auf, mich zu belügen. Was ist das da hinter Ihnen? Hat das Bezug zu einem Fall?"

„Nein, Sir, hat es nicht", gab Grant zu.

„Dann hat es hier nichts zu suchen. Sie sollen sich auf Ihre Arbeit konzentrieren, für die Sie bezahlt werden. Nicht auf die, die Sie dem Central Park Revier abnehmen, ja?"

„Wichser", murmelte Grant.

„Wie war das?"

„Ich sagte, ja, Sir." Black verharrte noch einen Moment, bis er sich umdrehte und die alten Treppenstufen hinunterstieg.

„Ist er immer so ein Stinkstiefel?", fragte Coon.

„Ich würde lügen, wenn ich Nein sage", meinte Grant und ging ebenfalls die Treppen hinunter, Coon dicht hinter ihr.


### _10. Februar, 2016._

Es war Mittwochnachmittag. Nachdem Grant den ganzen Morgen damit verbracht hatte, Coon zu überreden, ihr zu helfen und herauszukriegen, was an Weihnachten passiert war, hatte es nur noch einen Anruf seinerseits gebraucht, um an eine vollständige Gästeliste der Veranstaltung zu kommen. O'Connor stand im Pausenraum und setzte neuen Kaffee auf. Sein Telefon summte. Eine SMS. _Psst, Max! Komm zur_

*Dachkammer, aber pass auf, dass dich keiner sieht, geschweige denn dir nachläuft.* Er ließ den Kaffee Kaffee sein und folgte den Instruktionen. Als er oben war, überkam ihn etwas wie eine kleine Panikattacke. Auf der gesamten Ebene lagen Papiere, Fotos von irgendwelchen Personen und ein Coon herum. Dieser hörte Musik, wahrscheinlich Jazz oder Klassik, was anderes hatte er vorher auch nie gehört. Auf einem CD-Player? Dafür hatte man doch heutzutage Streaming-Dienste. Er ging an ihm vorbei und blieb unbemerkt. Auch Grant hörte Musik, also tippte er ihr auf die Schulter. Sie zuckte zusammen und drehte sich überrascht um. „Du bist es", atmete sie erleichtert auf, während sie die Kopfhörer aus ihren Ohren nahm.

„Mir ist klar, dass du meine Hilfe brauchst, sonst hättest du mir nicht geschrieben, aber warum das Psst?" Er zog sich einen alten, klapprigen Stuhl heran und setzte sich ihr gegenüber.

„Keine Ahnung, mir war danach. Ich lass' gerade ein paar Namen von dem Bankett durch das System laufen. Dauert auf dem alten Dino bisschen länger. Was ist mit Black?"

„Um den brauchst du dir keine Sorgen zu machen. Der ist auf dem Präsidium. Gespräch mit Moreno. Was macht er da?", er nickte in Coons Richtung.

„Er macht so was wie 'ne Gedächtnisübung. Ich hab' ihm Fotos und Steckbriefe von Gästen gegeben. Er soll einfach schauen, ob etwas davon Erinnerungen zurückruft, auch wenn es nur ein kleiner Funken ist."

„Das ist keine schlechte Idee", pflichtete er ihr bei. „Andere Frage, wobei brauchst du meine Hilfe? Und wie tief stecke ich schon in dem Ganzen drin?"

„Du musst die Aufnahmen der Verkehrskamera auswerten. Wir suchen einen gelben Opel Adam und jemanden, der das Zeug zum Scharfschützen hat. Was deine zweite Frage betrifft, du denkst, du musst nur bis zum Mittelpunkt der Erde graben, du liegst falsch. Du musst bis nach Australien graben und darüber hinaus, so tief steckst du drin."

„Ich bin also zu hundert Prozent involviert?", hakte O'Connor nach.

„Ja", nickte Grant eifrig.

„Ich hab' noch 'ne Frage. Wieso hört Adam seine Musik mit einem CD-Player?"

„Denk mal scharf nach, Detective", sagte Grant neckisch.

O'Connor schlug sich mit der flachen Hand gegen die Stirn.

„Sein Telefon ist passwortgeschützt. Hey", ihm kam eine Idee, „wenn er mir das Ding gibt, kann ich das Passwort erst mal rausnehmen lassen." Grant freute sich und fischte Coons Telefon aus seinem Mantel. Nach lediglich zehn Minuten kam O'Connor zurück. „Bitte schön", sagte er. „Es war relativ leicht." Beide schauten in Coons Richtung. Er lag immer noch bäuchlings auf dem Parkett. Man sah genau, wie sich seine Stirn in Falten legte, als er überlegte. Die Gedanken, die momentan in Grants Kopf kreisten, kamen ihr vor wie eine dieser Montagesequenzen aus dem Fernsehen. Angefangen an dem Abend auf dem Revier nach Coons Freispruch letzten Jahres.

*„Ich wurde einmal an dem Raum vorbeigeführt, wo man die Spritze bekommt. Drei Ampullen", zeigte er mit den Fingern. „Hellgrün, hellblau und dunkelgrün. Jede Einzelne ein anderes Gift. Und einer der Insassen hat mir erzählt, dass man angeblich erst dreizehn Jahre wartet, bis man entweder stirbt oder doch rein gar nichts passiert."*

*„Mel", rief Coon und schaute von seinem Laptop auf. „Träumst du mal wieder?" Sie stützte ihren Kopf auf den Händen ab und blickte ihn an. „Nein." Das war kälter, als sie beabsichtigte. Sofort schickte sie ihm ein Lächeln hinterher. Mit einem Seufzer kam er auf sie zu und setzte sich auf die Kante ihres Schreibtisches, als wollte er jeden Moment wieder aufspringen. Er nahm ihre Hand und führte sie an seine Lippen. Er setzte einen Kuss darauf und sagte: „Denk nicht so viel nach, Mel. Wir beide wissen, wie viel du die letzten Wochen durchmachen musstest." Er warf ihr ein*

aufmunterndes Lächeln zu und ging gelassen zurück an seinen Platz. Noch ganz leicht kribbelte ihre Hand. Ein paar Stunden später ging es zwischen den beiden etwas wilder zu. Er drückte sie gegen die Wand und fuhr mit der Hand unter ihre Bluse. Genau in diesem Moment klingelte es an der Tür. Sie schafften es, sich voneinander zu lösen. „Merk dir, wo wir waren", zwinkerte Grant Coon zu und ging an die Tür.

„Kann ich in der Zwischenzeit fernsehen?", rief er hinterher.

„Klar, wieso nicht? Du hast Augen und 'nen Arsch."

Geklingelt hatte lediglich der Nachbar, der versehentlich ihre Post in seinem Briefkasten hatte.


„Wir werden heiraten", verkündete Asustín.

„Die Hochzeit wird grandios", schwärmte Nye.

„Meh", grummelte Coon und die Blicke waren auf ihn gerichtet.

„Na ja, sei einmal auf einer russischen Hochzeit gewesen und alle anderen davor und danach sind ein Scheiß dagegen." Er erntete nur zornige Blicke.


„Schlägt die Glocke drei, gibt's 'ne Sauerei - wie wir später erfahren werden." Grant schüttelte beschämt den Kopf.

„COONMAN?" - „Nein!"

„Du klammerst."

„Ich klammere nicht", konterte Coon Grant und umarmte sie fester.

„Du klammerst."


„Neulich bei der Prostata-Untersuchung. Ich frage den Arzt: „Wollen Sie mich nicht erst zum Essen ausführen?" Und der Typ verzieht keine Miene", erzählte er und lachte dabei so sehr, dass er vom Stuhl kippte. Er lachte weiter auf dem Boden rollend und hielt sich den Bauch.


„Ich bin's, Melinda, und das ist mein ... guter Bekannter Adam", sagte sie zu ihrem besten Freund aus College-Zeiten, den sie an Thanksgiving besuchten. Als sie und Coon einen Moment lang ungestört waren, lehnte er sich zu ihr und fragte: „Guter Bekannter, ehrlich?"


„Was geht denn jetzt?"

„Ich hab' meine Handtasche vergessen", brummte Grant genervt.

„Weißt du, was gestern in meinen Newslettern stand? Eine Handtasche ist wie eine offene Vagina", erinnerte er sich und bekam von Grant eine Kopfnuss.

„Das ist Schwachsinn. Wenn du weiter verblödest, werden die Blondinen inklusive mir bald Witze über dich reißen."

„Würde es dich umbringen, Danke zu sagen?"

„Das werden wir wohl nie erfahren." Er ging ihr Schritte weit voraus, damit sie sein dämliches Grinsen nicht sah.


„Kaffee ist nicht gut für die Zähne, Ms. Grant", meinte ihr Zahnarzt in einem Singsang. Grant spuckte die Wattebäusche aus und schaute ihn selbstgefällig an. „Ohne Kaffee würde Ihre Praxis nicht sein, Doctor medicinae dentariae Neunmalklug."

„Touché", lachte er. „Verteilen Sie die hier an Ihre Polizisten-Freunde und Ihren Berater. Kaffeecoupons mit meiner Visitenkarte auf der Rückseite." Sie bekam einen Stapel davon in die Hand gedrückt und dachte an ihren Berater, der es urkomisch und oder fantastisch gefunden hätte.


„Ich benutze ein neues Shampoo - ohne Tierversuche."

„Aber es weckt das Tier in mir."

„Lieutenant, versuchen Sie mich anzugraben?"

Sie lachte hysterisch. „Siehst du, ich kann dir wohl ein X für ein U vormachen."


„Das Opfer heißt Jacoba Maria Cleaver", stellte Asustín vor.

„Jacoba. Männlich oder weiblich?", hakte Coon nach.

„Tja, was denken Sie denn, Mr. von Lixton?"

*„Darum geht es dir also. Du willst doch nur wieder hören, wie ich meinen Geburtsnamen ausspreche, weil ich dabei diesen dämlichen Akzent habe." Asustín lachte sich ins Fäustchen. „Weißt du was, Tico, steck mir einen Mistelzweig in meinen Arsch und küss ihn."*

*„Wer ich bin?" Coon hielt das Telefon von seinem Ohr weg.*
*„Ich vergesse manchmal, dass ich gar kein Cop bin."*
*Er reichte es an Grant. „Hi, hier Detective Lieutenant Grant."*

„Mel, ich mach' dir einen Vorschlag. Ich nehm' das Bildmaterial mit zu mir und geh's heute Abend durch. Ich hab' nämlich keinen Bock, dass Black doch auf dem Revier auftaucht und mich auch noch hier oben erwischt. Ist das ein Deal?" Sie schnappte aus ihrer Gedankenwelt auf, zurück in die Realität. „Ja, klar", antwortete sie und händigte ihm einen kleinen Flash-Drive aus. Wie kam sie eigentlich auf den Zahnarzttermin? Das wusste sie selbst nicht. O'Connor verabschiedete sich von ihr. Sie stand auf und legte sich zu Coon auf den Boden. Tief in ihm schlummerten seine Erinnerungen, die dummen Sprüche, seine kindische Seite, seine verantwortungsvolle - all diese Dinge. Es musste einfach.

„Und was sollen die Detectives O'Connor und Asustín Captain Black sagen, wenn er fragt, wo wir beide sind?", wollte Coon wissen. Die ganze Autofahrt über lief es schon so. Sie diskutierten ununterbrochen. Grant kam es vor, als säße der „normale" Coon neben ihr. „Dann werden sie ihm sagen, dass es dir nicht gut ging."

„Und wo sind Sie in der Geschichte?"

„Warte doch mal und lass mich aussprechen. Dir ging es nicht gut, und ich „musste" bei dir bleiben, damit sich jemand um dich kümmert."

„Ich hoffe, die Herrschaften machen das ohne die Anführungszeichen, denn überzeugend war Ihre Darstellung des Ganzen überhaupt nicht", nörgelte Coon. Aus Verzweiflung schlug Grant mit dem Kopf gegen das Lenkrad ihres Wagens.

„Du machst mich wahnsinnig, Junge", knirschte sie mit den Zähnen.

„Gestern meinten Sie noch, dass ich mich *so* normalerweise verhalte."

„Argh." Der Blick auf ihr Navi machte es nicht besser. Noch einhundertvierzig Meilen, das waren ungefähr zweieinhalb Stunden bis nach Washington D.C. Bis zur

Justizvollzugsanstalt nahe dem FBI, wo ein alter Freund von ihnen inhaftiert saß.

„Bevor ich's vergesse", meinte Grant, „morgen fahren wir für drei Tage, also bis Sonntag, nach Staten Island zu meinen Eltern. Ich hab' uns freigenommen."

„Schön", strahlte Coon.

„Gefangener 478/7C kann jetzt in den Besucherraum geführt werden", dröhnte es durch mehrere Lautsprecher. Zwei Officer führten ihn zu Grant und Coon an den Tisch und fixierten ihn mit Fußschellen am Boden. Coon betrachtete den Mann einen Augenblick lang. Die hellbraunen Haare hingen ihm ins Gesicht und sein Bart war schlecht rasiert.

„Haben sich ja richtig rausgeputzt für uns, Nicholas", sagte Grant sarkastisch.

„Nick bitte", warf Arthur ein.

„Ich dachte, nur Freunde dürfen Sie so nennen?"

„In Anbetracht der vorliegenden Umstände versuche ich, mir die Justiz in allen erdenklichen Formen zum Freund zu machen."

„Wollen Sie denn gar nicht wissen, warum wir hier sind?", fragte Coon nach. Arthur hob und senkte seine Schultern.

„Ich war der Meinung, man komme gleich darauf zu sprechen."

„Da haben Sie allerdings recht, Nick", fuhr Grant fort. Sie öffnete ihre Handtasche und zog einen Schnellhefter heraus. Sie schob ihn über den Tisch zu Coon, welcher dann Fotos verschiedener blondhaariger Männer ausheftete.

„Sie müssen uns helfen, Nick. Und wenn Sie Freundschaft mit der Justiz wollen, dann werden Sie das auch. Es geht um den Angriff auf Adam. Auf den Treppen zum Metropolitan Museum of Art hab' ich einen Mann gesehen, der im direkten Zusammenhang damit stehen könnte. Ich ließ ein Phantombild erstellen, mir eine Gästeliste geben, zu jedem Namen ein Profilfoto ausdrucken und die habe ich dann mit dem Phantombild verglichen. Es blieben siebzehn übrig. Die hab' ich anschließend durch die Datenbank geschickt, um zu gucken, wer Dreck am Stecken hat und auffällig geworden ist. Waren es nur noch neun. Mir ist klar, es hat mit FINK zu tun, daher sind wir hier. Im System steht nicht einfach, gehört zu FINK oder so. Leider. Aber Sie wissen, wer Mitglied ist. Also, ich werde Ihnen die Bilder mit Namen zeigen, und im Gegenzug sagen Sie mir, wer von denen dazugehört." Sie ordnete alles auf dem Tisch an und blickte Arthur abwartend an.

„So gern ich auch helfen möchte, aber bei FINK verrät man niemanden."

„Auch nicht, wenn es dadurch eventuell eine Strafmilderung gibt plus Zeugenschutzprogramm für Kronzeugen?", fragte Coon aus dem Nichts. Arthur überlegte, dann schaute er sich die Bilder an. Die Handschellen rasselten, als er mit seinem Zeigefinger auf eines der Fotos tippte. „Er hier", sagte Arthur, „Cole Spencen. FINKs neuer Director."

„Der ist doch Wohltäter und spendet für die Hurricane Foundation."

Arthur lachte herzlich auf. „Lady, Sie müssen noch einiges lernen. Diese Stiftung gehört zu FINK."

„Er spendet in seine eigene Stiftung?"

„Nein, er tut nur so. Er will anderes Bonzen-Gesindel dadurch animieren, zu spenden. Was denken Sie denn, woher wir das viele Geld haben? Das verdienen wir nicht nur durchs Arbeiten. Leute entführen, umbringen und so."

„Das heißt, spende ich der Hurricane Foundation Geld, finanziere ich die Machenschaften von FINK?"

„Natürlich! Sag mal, Adam, willst du mich verarschen? Du hattest doch damals den Grundgedanken dazu." Grant warf Coon einen Blick zu, nach dem Motto: Dein scheiß Ernst? Dieser hob verwirrt die Schultern. Die Ermittlerin wandte sich zurück zu Arthur. „Das mit ihm ist ein bisschen kompliziert. Er ist gerade nicht allzu gut auf die vergangenen Jahrzehnte zu sprechen."

„Verstehe. Amnesie, nicht wahr? Ich darf zwar nicht oft Nachrichten gucken oder Zeitungen lesen, aber ich meine, so etwas gehört zu haben."

„Ja, das stimmt. Vielen Dank, Sie haben uns einen Schritt vorangebracht. Und wegen unseres kleinen Deals werde ich mich an den Gerichtshof wenden und es an die Richterschaft weiterleiten lassen."

„Danke." Grant winkte die Officer zu sich und beobachtete, wie sie Arthur abführten. Danach machten sie und Coon sich in Richtung Ausgang, als sie unverhofft noch einem bekannten Gesicht über den Weg liefen.

„Jacob?", rief Grant erstaunt. Der FBI-Agent drehte sich einmal im Kreis, bevor er sie sah.

„Mel! Mr. Anhängsel!"

„Ich schätze, ich bin Mr. Anhängsel?", wisperte Coon zu Grant. Sie nickte.

Der Agent umarmte sie. „Wie geht's euch beiden?"

„Gut", antworteten sie unisono. „Und dir?"

„Perfekt."

„Mit Cassandra scheint's funktioniert zu haben, huh?", fragte Grant.

„Oh ja! Sie ist schwanger."

„Wow, herzlichen Glückwunsch!" - „Gute Arbeit, Jacob."

„Ja, ist auf der Weihnachtsfeier passiert. Und ich sag' auch noch so blöd: Lass feiern, bis wir schwanger sind. Aber weniger von mir, ich hab' gehört, was passiert ist. Wie ist das jetzt eigentlich mit dem Gerichtsurteil?"

„Wenn ich das wüsste", seufzte Grant, „aber bisher steht er immer unter meiner Beobachtung, sodass er streng genommen nichts Unrechtes anstellen kann."

„Gut, gut. Euh ... Ich-ich muss dann auch weiter. Viel Glück euch beiden", sagte er und lief zum Besucherraum.


„Worüber denkst du nach?", fragte Grant, während sie den Motor startete.

„Meh", gab Coon lediglich von sich.

„Was?"

Coon holte tief Luft und seufzte. „Ich bin echt das Gegenteil eines Glücksbringers. Meinetwegen, meines Falles wegen, haben Sie bereits eine Abmahnung am Hals."

Grant fühlte mit ihm. Sie legte eine Hand auf seinen Oberschenkel und tätschelte ihn leicht. „Soll ich heute Abend mit zu dir kommen?", wechselte sie das Thema. Coon lehnte seinen Kopf gegen das kalte Fenster und rümpfte die Nase. „Ich weiß nicht. Auf der einen Seite kann ich mich mittlerweile recht gut im Haus orientieren. Auf der anderen Seite sind da immer noch diese Träume. Es macht mich fertig. Die fühlen sich dermaßen real an." Grant blieb in Stille, konzentrierte sich auf die Straße. „Gestern zum Beispiel", fuhr er fort. „drei Träume. Im Ersten wurde ich von einem Mann bedroht. Im Zweiten habe ich mich mit irgendeiner Rothaarigen volllaufen lassen. Und im Dritten bin ich durch einen Park gesprintet, habe mir meine Schuhe versaut und so ein Irrer ist in einen Fluss gesprungen." Die Mordermittlerin rückte in ihrem Sitz unwohl herum und kommentierte weiterhin nichts. Ihr war wohlbekannt, wovon er sprach. Doch etwas in ihr, wollte ihm diese Erinnerungen nicht zurückbringen.


### *12. Februar, 2016.*

Grant gab noch schnell die Adresse in das Navi ein, bevor sie sich mit strahlenden Augen zu Coon drehte. „Los geht's." Er ließ den 530 PS starken Motor seines Maybachs aufheulen und gab Gas. Doch alles, was das Auto machte, war ein-, zweimal zu ruckeln und nicht richtig zu ziehen. „Ups, Gang vergessen", meinte Coon und startete einen neuen Anlauf. „Darf man ohne Gedächtnis überhaupt Autofahren?" Grant runzelte nur die Stirn. „Egal, scheiß drauf. Du hast gestern genug Grand Theft Auto gespielt, du schaffst das." Jetzt ging es von Long Beach nach Tottenville, dem südlichen

Viertel Staten Islands. Sie nahmen die Brücke über den Reynolds Kanal und fuhren dann über den Seagirt Boulevard, weiter auf den Rockaway Beach Boulevard zum Beach Kanal Drive. Nach quälend vielen Minuten erreichten sie endlich die Marine Parkway Brücke, die sie in die Flatbush Avenue weiterleitete. Sechs Meilen danach, bog Coon auf den Belt Parkway ab.

„Welcome t'ma homa Shoalin", scherzte Grant mit übertriebenem Akzent, als sie die Verrazano-Narrows Brücke überquerten. Laut Navi befanden sie sich nun auf dem Staten Island Expressway. „Das soll eine Schnellstraße sein?", fragte Coon. „Wir kommen so gut wie gar nicht voran."

„Du, ich glaube, das liegt nicht mal an dem Verkehr vor uns. Ich glaube, das Auto spinnt." Wie aufs Stichwort ging die Motorkontrollleuchte an und der Wagen wurde noch langsamer, wenn das überhaupt möglich war. Coon ließ ihn auf den Seitenstreifen rollen.

„Ich werde nicht darunter kriechen. Das können Sie machen", meinte Coon, nachdem sie festgestellt hatten, dass es weder am Motor noch an den Zündkerzen oder der Batterie lag. Grant seufzte. „Okay. Ich bin ja an Geruch, Schmutz und dich gewöhnt." Sie legte sich auf den Rücken und robbte unter das Auto. Sie nahm ihr Telefon und schaltete die integrierte Taschenlampe ein. „Warum muss die Initiative immer von mir ausgehen?", rief sie und bemerkte im Augenwinkel, wie Coon sich hinkniete und unter den Wagen schaute. „Ich würde sagen, weil das, meine Liebste, die Ideologie eines Mannes ist."

„Wie jetzt?"

„Lass die Frau schmutzige Sachen machen."

„Ha", lachte Grant. „Nein, das, mein Liebster, ist die Ideologie eines Adam Coons." Sie rollte unter dem Auto hervor und starrte ihm noch immer liegend in die Augen.

„Wo sind wir hier eigentlich?", wollte er wissen.

„Bulls Head Viertel."

„Bulls Head? Wohl eher Bull Shit. Ich wage, zu bezweifeln, dass das Auto ein Neuwagen ist. Was war das Problem?" Er bot ihr eine helfende Hand und zog sie nach oben.

„Irgendwas mit dem Auspuff, dürfte jetzt aber nicht mehr stören."

„Na dann, milady, steigen Sie ein und weitergeht es." Nach dem Staten Island Expressway erwartete sie der West Shore Expressway mit einer weiteren kleinen Überraschung.

„Stau!", fluchte Coon.

*»Drei Meilen lang«, verkündete der Radiosprecher. »Sie können mit mindestens fünfundvierzig Minuten Verzögerung rechnen.«*

„Der Tag könnte kaum besser werden", maulte er und schmiss seinen Kopf gegen die Kopfstütze.

„Mach das bitte nicht. Du weißt, die Wunde am Hinterkopf."

„Entschuldigung."

Grant lächelte ihm zu und strich über seine Narbe. „Dreh mal das Radio lauter", sagte sie schließlich.

„Mögen Sie das Lied etwa?"

Grant schüttelte den Kopf. „Nein, aber dir hat es gefallen."

„Wieso?"

„Achte einfach auf den Refrain", meinte sie spitzbübisch.

»... I will undress you. Sleeping in my car, I will caress you. Staying in the backseat of my car making love, oh yeah. Sleeping in my car, I will possess you. Sleeping in my car certainly bless you. Laying in the backseat of my car making love, oh, oh. The night is so pretty ...«

Coon drehte leiser und blickte zu Grant, seine Augenbrauen hoben sich. „Das hat doch bitte keinen Bezug auf diese Womanizer-Geschichte", atmete er schwer.

„Oh doch!"

„Gott, ist das peinlich."

„Das findest du peinlich? Du hättest dich mal sehen müssen, bevor wir uns kannten. Bei monsunartigem Regen nur in Unterhosen nach draußen gehen, um die Zeitung zu holen."

„Das geht doch noch", winkte Coon ab, „oder? Also schlecht aussehen tu ich nicht."

„Wohl oder übel hast du in beiden Punkten recht. Noch fremdschämender waren da die Schlagzeilen um die Oscar-Nacht 2011. Von wegen alle Augen sind auf die Filmstars gerichtet. Die haben alle auf dich geschaut. Es gibt sogar ein Video dazu, wie du in einer Bar bist, dich besäufst, auf die Theke steigst und 'nen Striptease gibst. Kurz bevor du die Unterhose runterlassen wolltest, haben sie dich gestoppt und von der Theke gezerrt." Coon schlug die Hände vor das Gesicht. Am liebsten hätte er sich in der Erde verbuddelt oder wie ein Strauß den Kopf in den Sand gesteckt. Was war nur schief mit ihm gelaufen? War er als Kind eventuell auf den Kopf gefallen? Die Dreiviertelstunde zog sich hin, nur schleppend näherten sie sich der Brücke, die sie über den Fresh Kills Strom bringen sollte.

Der Stau hatte sich gelöst, und nun fuhren sie über die North Bridge Street und Arthur Kill Road von wo aus sie noch einmal nach links und anschließend nach rechts abbogen. »*Sie haben Ihr Ziel erreicht*«, meinte die anstrengende Stimme des Navis endlich. Coon stieg aus und schaute sich um. „Sie müssen hier eine tolle Kindheit verbracht haben."

„Ja, es war ganz witzig, hier aufzuwachsen." Sie kramte ihre
Haustürschlüssel hervor und schloss auf. Der Geruch von fri-
schem Gebäck und Kaffee schlug ihnen entgegen. Eine ältere
Frau um die Sechzig kam neugierig aus der Küche geschlichen. Aschblondes Haar, schmale Silhouette und Augen, wie
sie die Tochter geerbt hatte. „Da seid ihr ja endlich", rief sie
überglücklich und zog ihre Tochter in eine knochenbre-
chende Umarmung. „Mäusespeck, du hast doch gesagt, es
dauert nur zwei Stunden."
Grant befreite sich aus den Armen ihrer Mutter. „Mom! Hör
auf, mich so zu nennen."
„Ja, ja. Schon gut. Aber willst du mich denn nicht vorstellen?", die rüstige Dame schaute zwischen ihrer Tochter und
Coon hin und her.
„Klar. Adam, meine Mutter Pamela. Mom, das ist Adam." Die
beiden tauschten einen herzlichen Handschlag aus. Coon
kratzte sich am Hinterkopf. „Meine Güte", sagte er etwas ner-
vös. „Sie und Ihre wundervolle Tochter könnten glatt
Schwestern sein."
„Seh' ich so alt aus?", konterte Grant und drückte ihm ihren
Mantel in die Hand.
„Uh, der war gut, Schätzchen. Die anderen warten schon in
der Wohnstube."
„Welche anderen?"

„Dein Vater und -"

„Cousinchen!", freute sich ein brünetter Mann.

Grant drehte sich zu Pam. „Mom, warum ist die Nervensäge hier?"

„Er hat Urlaub."

„Und da erzählst du ihm, dass ich herkomme?"

„Ja." - „Wie kannst du nur!" Grants Vater - grauhaarig, ebenfalls in seinen Sechzigern - erhob sich aus dem Sessel. Mann, hatte der eine kerzengerade Körperhaltung. Typisch Soldat. „Nimm es deiner Mutter nicht übel, Krümel."

Sie umarmte ihn kurz, dann stand sie neben Coon. „Am besten 'ne kleine Vorstellungsrunde. Der Oldtimer da ist mein Dad Roy. Und der Windelpupser dort ist mein Cousin Renny -"

„Heut Morgen gab es in einer Fernsehserie auch einen Renny Grant." Renny schlug Coon lachend auf die Schulter.

„Hab' ich gesehen, aber der Kerl sah nicht ansatzweise so gut aus."

„Dürfte ich dann zu Ende sprechen?", funkte Grant dazwischen. Die Männer wichen auseinander. „Tja, und das ist Adam. Adam Coon."

„Siehst du, Roy, ich hab's doch gesagt. Deine kleine Mel treibt es mit ihrer rechten Hand", flüsterte Renny ihm zu, bekam als

Antwort aber nur einen verwirrten Blick. „Also mit ihm hier, nicht wirklich mit ihrer rechten Hand", erklärte er sich. „Gut, mit der Hand vielleicht auch, aber -"

Grant boxte ihm nicht gerade sanft gegen den Arm. „Halt die Klappe, du kleiner Pisser!"

„Aw, es ist wie früher", sagte Pam und bequemte sich auf das Sofa.

# KAPITEL VIER



**<u>19. Februar, 2016</u>** - *St. Patrick's Kathedrale*

„Hast du Schmetterlinge im Bauch?", fragte Asustín seine Zukünftige, während sie am Eingang der Kapelle die Gäste willkommen hießen.

„Nein, aber dein Kind."

„Immer noch *unser* Kind ... Ha, ich dachte anfangs, du seist bloß 'n bisschen fett geworden", gestand er. Neben ihm wurde es still. „Alexa, Babe?"

„Stell dir einfach vor, wie ich dich ohrfeigen würde."

„Komm schon, chica. Mir geht's auch nicht gerade besser."

„Ha, kein Wunder. Nachdem du gestern Abend so viel falschen Kaviar gefuttert hast wie das Beluga-Zeug."

„Nie wieder, ich sag's dir", er drückte ihr einen Kuss auf die Wange und fügte hinzu: „Ich schau mal, ob bei Bernie alles glatt läuft."

„Mel", quiekte Nye.

„Hey! Wow, du siehst fantastisch aus." Sie beäugte das zart rosafarbene Brautkleid von oben bis unten. Es war eine knielange, ärmellose A-Linie mit U-Ausschnitt.

„Danke. Du aber auch. Wo ist denn Adam?"

„Der sucht nach einem -" Der Gesuchte sprang etwas außer Atem neben Grant und richtete seine Fliege. „Wunderhübscher Tag, aber schrecklicher Verkehr." Er kehrte sich mit einem Schmunzeln Nye zu. „Herzlichen Glückwunsch zur Hochzeit ... euh", er schnippte nachdenklich mit den Fingern und blickte auf seine Schuhe. „Scheiße", brummte er unter seinem Atem.

„Alexa", wisperte Grant.

„Alexa, ja!" Gequält lächelte er, bevor er deprimiert seine Lippen zusammenpresste und bedröppelt zu Boden schaute.

„Ich-ich suche mir dann mal einen Sitzplatz. Bis später." Er bahnte sich seinen Weg durch den Mittelgang und fand einen freien Platz in der dritten Reihe. Er setzte sich und guckte sich um. Hinter ihm eine Gruppe älterer Damen, die eine hitzige Konversation führten. Vor ihm eine Frau mit zwei kleinen Kindern. Und neben ihm ein junger Mann mit einem, na ja, recht ausgefallenen Kleidungsstil. Er musste gemerkt haben, dass Coon ihn anstarrte. „Hi, ich bin Marcus", sagte er daher und streckte ihm seine Hand hin. „Ti's Neffe."

Coon schlug ein und stellte sich selbst vor. „Ich bin Adam,
ein Arbeitskollege von Ti und Alexa."

„Nice."

„Ja. *Nice*."

„Die beiden machen wirklich alles gemeinsam", verriet dieser
Marcus. Coon schaute ihn dezent verstört an. Ach herrje,
dachte er, ich hoffe, die beiden gehen nicht gemeinsam auf
Toilette.


In der Kirche wurde es still. Die klassische Orgelmusik einer Hochzeit ertönte. Der Brautvater und die Braut gingen
die ersten Schritte. „Nicht so schnell. Ja nichts überstürzen.
Du musst dich schonen, Pünktchen."

„Daddy", zischte Nye, „ich bin schwanger, nicht unheilbar
krank." Am Ende des Ganges, vor dem Altar, warteten ein
grinsender Asustín, der Pfarrer und die zwei Trauzeugen
Grant und O'Connor.

Zu Beginn erzählte der Pfarrer ein wenig über das Brautpaar,
wie sie sich kennengelernt hatten, und wie wundervoll es
doch war, dass die zwei den Bund der Ehe eingehen wollten.
Danach hielten die Trauzeugen noch eine Rede. Asustín und
Nye gaben ihr Gelübde ab, sagte Ja zu einander, küssten sich.
Applaus. Gospelchor. Vor der Kirche weiße Tauben. Eine

Limousine. Und noch mehr Applaus. Als die Hälfte der Gäste, inklusive des Brautpaars, bereits zur Party-Location aufgebrochen war, fuhr Coon den Wagen vor und hupte nach Grant. Sie stieg ein, ihr Lächeln breiter, als dass es ihre Lippen eigentlich zuließen. „Ihre Ansprache, Melinda, war die schönste im Vergleich zu Maxwells und der des Pfarrers."

„Du hast sie ja auch geschrieben."

„Nachdem Sie mir fünf Stunden lang über die zwei berichtet hatten, war das auch kein Problem mehr", lachte er und Grant gleich mit ihm.

Bei der Party angekommen, trafen sie auf ihre Freunde.

„Es ist traumhaft. Aw, danke, Adam, für all das hier. Du bist der Beste. Komm her", freute sich Nye und fiel Coon um den Hals.

„Ich habe die Hochzeit organisiert?", fragte er.

„Bezahlt, ja. Und jetzt kommt alle her. Die Frischvermählte braucht 'ne Gruppenumarmung." Die Vier erfüllten ihr den Wunsch. „Alles klar zum Gruppengrapschen", murmelte Coon. Sie lösten sich und Coon fragte gleich: „Sind Sie ohne Begleitung hier, Maxwell?"

„Ja! Ich will die Brautjungfern vernaschen."

„Bitte nicht", flehte Asustín, „sie sind erst vier."

Zwei Bedienstete hatten die Torte hereingetragen, welche dann unter Jubel und Glückwünschen angeschnitten wurde.

Es wurde getanzt und gelacht. Viel gegessen und gespaßt. Aber das mit Abstand Tollste an dem Abend waren, vor allem für die Männer, die Poker- und Roulettetische.

„Mir dünkt, du hät'st verkackt", rief Coon triumphierend und nahm die Jetons freudig entgegen. „Was gab es eigentlich zuerst, Ceyn, türkische Bäder oder badende Türken?" Damit kippte er seinen nächsten Bourbon hinter. Eine junge Frau, die, wenn man großzügig schätzte, mit etwas Glück schon zwanzig war, massierte seine Schultern, fuhr mit ihren Fingern seine Brust rauf und runter. Sie zog ihm sein Jackett aus und flüsterte ihm etwas zu, worüber er nur lachte. Ihr Name war ... Verdammt, wie hieß sie? Egal, nennen wir sie Emily. Also Emily ... schien zu wissen, wer er war, und Coon schien es zu gefallen, was sie machte. Er war in Feierlaune. „Wisst ihr, meine Freunde, Habgier ist die Wurzel vieler Übel. Daher setze ich dreißigtausend auf die Achtzehn." O'Connor, der das Spiel beobachtete, drehte sich entgeistert zu seinem Nebenmann. „Das entspricht der Hälfte meines Jahreseinkommens! Und *er* spielt damit, als sei es Taschengeld!"

„Ja, unglaublich, nicht? Fünf Minuten Crashkurs in Roulette und der spielt wie ein Weltmeister."

„Dein Spielverhalten ist nicht gerade christlich, Mann", lachte Ceyn und setzte auf Rot.

„Ich bin auch nicht christlich. Ich glaube, ich glaube, ich bin jüdisch, so gut wie ich mit Geld umgehen kann." Emily hatte sich unterdessen kichernd auf seinen Schoß gesetzt, ihre Arme um seinen Nacken geschlungen und Küsse auf seinem Hals verteilt. Coon entknotete seine Fliege, dann krempelte er seine Ärmel hoch.

„Cooles Tattoo", wisperte Emily und fuhr den Schriftzug nach.

**wish we could turn back time
to the good ol'days.**

„Habe ich mir letzte Woche stechen lassen."

„Ich liebe tätowierte, reife Männer", sagte Emily und fuhr mit ihrer Zunge über seine Wange.

„Schätzchen, ich liebe mich auch", gab Coon zurück und nahm einen Shot.

„Du gefällst dir selbst sehr, stimmt's?", fragte Ceyn.

„Du musst die Frage nicht beantworten", raunte Emily ihm zu. „Sein Ego darf nicht überfüttert werden." Coon schenkte sich noch einen Shot ein, packte Emily knapp unter ihren Brüsten und antwortete: „Erstens liegt Ästhetik im Auge des Betrachters. Zweitens führt Geschlechtsverkehr entweder zu Geschlechtskrankheiten oder schlimmstenfalls zu Kindern."

„Alter, du bist stockbesoffen", lachte Ceyn.

„Nein, bin ich nicht."

„Doch, du hast gerade nur Scheiße gelabert."

„Will noch jemand argentinische Empanadas?", fragte ein Kellner unerwartet.

„Hey, wer braucht denn argentinisch?", lallte Coon, „wenn es doch kanadisch gibt!" Die Meute brach in Gelächter aus.

Coon schob Emily von seinem Schoß. „Okay, das reicht erst einmal, ich brauche eine Pause. Wenn ihr noch etwas von mir wollt, ich bin seit ein paar Tagen wieder auf Twitter. Schreibt mir einfach." Er verließ den Tisch und hielt nach Grant Ausschau. Dabei merkte er nicht einmal, dass er sein Jackett vergessen hatte. Leicht hicksend suchte er die Räume nach ihr ab, bis er sie schließlich fand. „Genehmigen Sie mir diesen einen, kleinen, feinen Tanz?", fragte er sie.

„Was?", kicherte sie.

„Ist doch nur ein Tanz, hicks. Ich will Sie ja nicht gleich, hicks, heiraten. Auch wenn es stimmt." Er führte sie zur Tanzfläche.

„Wenn was stimmt?", hakte sie nach.

„Dass Sie einen echt knackigen Hintern haben." Grant lachte und nahm seine Hand. Ihre andere Hand ruhte auf seinem Arm, während er sie an der Hüfte fasste. Zum Takt der Musik begannen sie sich zu bewegen. Grants Anspannung verflog. Sie legte ihren Kopf an seine Brust, was Coon dazu veranlasste, sie noch näher zu sich zu holen.

Er fühlte sich an jenem Abend lebendiger denn je. Vielleicht lag es an der Nähe zu Grant. Vielleicht aber auch einfach am Alkoholpegel.


### *22. Februar, 2016.*

„Hey, Mel, schau mal. Ti hat ein Bild geschickt. Die zwei sind vor zwei Stunden auf Puerto Rico gelandet."

„Ist Puerto Rico nicht ganz schön teuer?" Auf dem Bild grinste Asustín wie ein Vollidiot. Nye zog im Hintergrund die Koffer. Der Falte zwischen ihren Augenbrauen zufolge war sie in dem Moment nicht gerade fröhlich gestimmt.

„Schon, aber Adam hat ja bezahlt."

Coon verschluckte sich am Kaffee. „Könnte mir mal bitte jemand sagen, was ich in den letzten Monaten noch alles gekauft beziehungsweise bezahlt habe?"

Ein Schrei drang aus dem Büro des Captains. Man sah Black wie ein kleines Mädchen auf und ab springen.

„Hat er einen Anfall?", fragte Slown und nahm einen Bissen von ihrem Frühstücks-Burrito. Jetzt kam Black auch noch auf das Quartett zu. „Meine Frau ist schwanger", sagte er mit tränenden Augen.

O'Connor musterte ihn skeptisch. „Sir, bei allem Respekt, aber sind Sie beide nicht schon knapp vierz-", er hielt den Mund, sobald er den zornigen Blick seines Vorgesetzten sah.

„Wenn in seinem Umfeld so viele schwanger sind, fühlt man sich selbst ein wenig schwanger", philosophierte Coon und nippte an seinem Kaffee.

„Du bist aber nicht schwanger."

„Woher wollen Sie das wissen, Melinda?"

„Du bist ein Mann - biologisch gesehen."

„Und woher wollen Sie das wissen?"

„Ugh, ich geh' mir 'nen Kaffee holen."

„Warte, ich auch", meinte O'Connor und folgte ihr. Coon schaute zu Slown und Black und zuckte die Schultern.

„Was ist jetzt eigentlich aus dem Fall Spencen geworden?", fragte O'Connor, währenddessen er seinen kalten Kaffee wegschüttete und die Tasse ausspülte.

„Hmpf", machte Grant. „was soll schon großartig daraus geworden sein? Der Opel-Fahrer und der Scharfschütze konnten aufgespürt und verhaftet werden, wollten aber keine

Aussage machen. Weder warum noch wo sich Spencen aufhält. Er ist wie vom Erdboden verschluckt."

„Was willst du jetzt machen?"

„Warten", antwortete Grant ruhig. „Warten, bis er einen Fehler macht und sich und seinen Standort verrät."

„Ahem", räusperte sich Coon hinter ihnen. „Ich unterbreche Ihren Kaffeeplausch nur ungern, aber Detective Slown meinte, wir hätten einen neuen Fall. Irgendwas mit Turtle Bay und tote Frau."

Die Gerichtsmediziner rollten die Leichenbahre aus dem Salon, während die Spurensicherung die letzten Blutspuren auf dem Boden notierte. Als das Team ins Wohnzimmer trat, führte der Vater seine Kinder aus dem Apartment. Neben ihm ein kirchlicher Seelsorger. „Liam, sei so nett und geh mit Stacey in den Park." Der Junge nahm seine kleine Schwester an die Hand und lief los. Wahrscheinlich wusste die Kleine noch nicht einmal von dem Tod ihrer Mutter und verstand den ganzen Trubel gar nicht.

„Gut. Bethy, du und ich befragen die Nachbarn, ob sie was gehört haben. Mel, du und Adam redet schon mal mit dem Ehemann der Verstorbenen", wies O'Connor an und verließ mit Slown das Wohnzimmer. Sofort wandte Coon sich zu Grant. „Glauben Sie, zwischen den beiden läuft etwas?"

Kritisch beäugte sie ihn. „Nah", schüttelte sie den Kopf.
„Niemals!"


*Vergangene Nacht.*

*Slowns Höschen lag auf dem Fußboden und ihr BH baumelte vom Deckenventilator herunter. Ihre Bluse und ihre Hose gesellten sich zu ihren Schuhen irgendwo im Flur. O'Connors Anzug hing über Slowns Anrichte und Spiegel, während seine Schuhe und Socken zerstreut auf dem Boden weilten. Es war nicht das erste Mal, dass O'Connor zu Besuch war. „Das war gut, Max", seufzte sie in Ekstase. Ihre Haare waren offen und fielen lose über ihre Schultern. Die Decke hatte sie sich bis unters Kinn gezogen. Trotz ihrer beider Körperwärme, war Slown kalt. Ihr Kopf ruhte auf O'Connors Brust und horchte seinem Herzschlag.*

*„Aber hallo! Besser hätte ich mein siebenjähriges Jubiläum als Detective nicht feiern können", lachte er leise. Einen Arm hatte er um ihre zarte Figur gelegt, den anderen hatte er hinter seinem Kopf verschränkt.*

*„Weißt du was", sagte Slown und schaute zu ihm auf. „Ich glaube, ich hab' mich in dich verliebt."*

*Er erstarrte. „Oh", entfuhr es ihm. „Wie … schön?" Er zwang sich zu einem Lächeln. Nach einer Weile war Slown eingeschlafen. O'Connor lag bis in die frühen Morgenstunden wach und grübelte über ihre Worte.*

Der Vater kam zurück ins Wohnzimmer und setzte sich Grant und Coon gegenüber. „Unser Beileid für Ihren Verlust, Mr. Wilston." Er murmelte ein „Danke" und vermied jeglichen Augenkontakt. „Es ist nicht der beste Zeitpunkt, aber wir müssen Ihnen jetzt ein paar Fragen stellen."

„Ich denke nicht, dass es angemessen wäre, dies zu tun, Detective."

Grant faltete ihre Hände zusammen und schaute den Seelsorger an. „Jeffrey, in den letzten Jahren hatten wir oft genug miteinander zu tun. Jedes Mal habe ich Ihnen gesagt, ich will nur meinen Job machen und den Angehörigen der Opfer ein Stück Frieden zurückgeben." Sie zog die Kappe von ihrem Stift, schlug eine neue Seite in ihrem Notizbuch auf. „Also, Mr. Wilston, waren Sie oder Ihre Kinder hier, als es geschah?"

„Natürlich", meinte er und schaute Grant direkt in die Augen. „Der Einbrecher muss irgendwann nachts gekommen sein. Meine Frau hat ihn wohl gehört und dann überrascht."

„Sie gehen also davon aus, dass es ein Raubmord war?"

Wilston nickte. „Mein Notebook fehlt."

„Wann haben Sie Ihre Frau aufgefunden?", fragte Grant und machte weitere Notizen.

„Heut Morgen, als ich aufgestanden bin. Ich wollte ins Bad, lief also durch den Salon ... und da-da sah ich sie dann oder das, was von ihr übrig geblieben war."

„Mr. Wilston, eine Frage." Coon rückte sich in dem Polstersofa zurecht. „Wo genau befand sich Ihr Notebook?"

„Im Salon, warum?"

„Ich bin nur neugierig. Haben Sie am Wochenende die Reportage auf CNN gesehen? Es ging um Verbrechen wie dieses hier." Der Seelsorger und Grant warfen sich verwirrte Blicke zu. Wilston zuckte nur die Schultern. „Wussten Sie, Mr. Wilston, dass in neun von zehn Fällen der Ehemann die Frau ermordet hat." Wilstons Kopf glühte. Er spannte seinen Kiefer an, seine Hände ballte er zu Fäusten, sodass seine Fingerknöchel weiß wurden. Wütend sprang er auf in Coons Richtung. „Wollen Sie mir etwa vorwerfen, ich hätte meine eigene Frau getötet?"

Coon zuckte zusammen, konterte dennoch mit „Ja".

„Okay, okay. Adam, wir gehen. Mr. Wilston, wir bleiben in Kontakt." Grant schob Coon aus der Wohnung. Vor dem Haupteingang war noch immer ein Officer postiert, der fortlaufend auf der Stelle wippte, um sich warm zu halten. Sein kondensierender Atem tauchte sein Gesicht in eine helle Nebelwolke. Selbst Grant zwickte die Kälte in der Nase. Coon schien das Wetter nicht zu stören, er war sogar recht sommerlich gekleidet. Hemd, grauer Dreiteiler, dazu passende Lederschuhe. Kein Schal. Keine Handschuhe. Kein Mantel. Kein gar nichts. Kälteresistent.

„Mach hinne, Adam, und öffne das verdammte Auto", bibberte sie. „Sonst frier' ich mir hier draußen noch die Nippel ab." Sie war auf einen gepfefferten Spruch gefasst gewesen, doch es kam nichts. Sie guckte zu ihm, eine Augenbraue ging nach oben.

„Mir liegt da etwas auf der Zunge, aber das werde ich Ihnen gewiss nicht sagen. Es wäre nicht sehr charmant."

# KAPITEL FÜNF

Detective O'Connor, ich bin Detective Austin Karéy vom Einbruchsdezernat. Wir hatten telefoniert."

O'Connor nickte und schüttelte seine Hand. „Ganz recht. Den Sachverhalt kennen Sie ja bereits, wir gehen also von Raubmord aus."

Karéy rieb sich das Kinn. „Hm."

„Sie sind nicht gerade gesprächig, oder?"

„Nein, nein. Ich überlege nur, wie wir ermitteln sollten. Mir persönlich wär's lieber, wenn Ihr Team mich unterstützen würde als andersherum. Denn je schneller wir das Diebesgut finden, desto schneller haben wir eine Spur zum Dieb beziehungsweise Mörder."

„Richtig, richtig. Na dann."

„Die Überwachungsbilder sind da. Ich leg' sie auf den Screen", sagte Slown, während sich ein Fenster auf dem Smartboard öffnete. Farblose Bilder. Nichts Neues für die

Ermittler. Im Schnelldurchlauf gingen sie das Material durch. Je näher sie der geschätzten Tatzeit - circa drei Uhr morgens - kamen, umso interessanter wurde es. Ein Schatten huschte an den Kameras vorbei, in das Wohnhaus.

„Stopp! Haben Sie das gesehen?", fragte Karéy.

„Spul zurück, Bethy", forderte O'Connor.

„Ein Clown", stellte man nüchtern fest.

„Ein Clown mit Werkzeugkasten", fügte Coon hinzu, „der das Wohnhaus betritt und es allen Anschein nach auch erst mal nicht verlässt. Erst nach einer halben Stunde kommt er wieder heraus."

„Genug Zeit, um in die Wohnung einzubrechen."

„Diebesgut zu finden und mitgehen zu lassen."

„Und um jemanden umzubringen."

„Aber warum sollte dieser Clown ausgerechnet bei den Wilstons im *achten* Stock einbrechen?", fragte sich Slown und neigte ihren Kopf zur Seite.

„Ganz einfach", nuschelte Coon. Die Aufmerksamkeit aller galt nun ihm. „Wirklich. Ganz. Einfach. Mister Hank Wilston organisierte den Clown als Ablenkung. Der Clown kommt. Hank gibt ihm seinen Laptop, damit es nach Diebstahl aussieht. Danach sagt er zu dem Clown, dass er noch dreißig Minuten im Gebäude warten solle. Hank geht zurück in die Wohnung, wo bereits Tamara Wilston im Salon steht und sich wundert, was ihr ach so liebender Mann macht. Alles läuft, wie geplant, denkt sich Hank, während Tamara fragt: „Wer war da an der Tür?" Danach geht alles ganz schnell. Hank packt Tamara, drängt sie in die Ecke und ermordet sie. Keine Ahnung womit, aber er tötet sie. Der Raubmord ist erzeugt. Und sein Motiv ... na ja, das habe ich noch nicht ganz ausgearbeitet", endete er. In Coons Augen war also der Ehemann der Täter. Diese Ansicht teilte jedoch niemand aus dem Team mit ihm.

„Eine blühende Fantasie, Adam", sagte Grant und wuschelte dem Berater dabei durch die Haare, „aber ich befürchte, du bleibst mit deiner Theorie allein."

„Es ist eine Option, bei der ich bleibe. Zudem heißt es doch immer, man soll in alle Richtungen ermitteln. Und, zur Hölle noch einst mit Ihnen, Grant, hören Sie auf, mir durch die Haare zu fahren."

O'Connor klopfte Coon auf die Schulter. „Nimm's mir nicht übel, Adam, aber ich als Teamleiter und recht erfahrener Detective würde dann doch vorzugsweise den mysteriösen Clown als tatsächlichen und einzigen Täter sehen." O'Connor machte eine Pause, um Luft zu holen und wandte sich dann den anderen zu. „Ich brauche 'nen Plan des Apartments und ein gutes Bild der Clownsfratze. Karéy, fahren Sie mit Grant zu den Stadtarchiven und fragen Sie dort nach einer Skizze. Ich vermute, das Haus ist zu alt, um schon elektronisch erfasst zu sein."

Keine Minute später waren die zwei weg. O'Connor setzte sich neben Slown. Gemeinsam suchten sie nach einem geeigneten Bild. Coon schnappte sich unterdessen eine Hand voll Marker und kritzelte an das Whiteboard. „Fertig", lachte er und wartete auf eine Reaktion der Detectives - vergebens.

„Ahem. Ich sagte fertig."

Synchron drehten sich die zwei in ihren Stühlen. „Was. Ist. Das", fragte Slown perplex. O'Connor nickte nur beipflichtend mit offenem Mund.

„Das ist unser Clown."

„Der sieht aus wie Ronald McDonald."

„Mit ... Fangzähnen?", runzelte O'Connor die Stirn.

„Na ja. Ronald 'The Fangzähne-Killer-Clown' McDonald oder so."

„Wisch das weg, Adam", bat O'Connor.

„Na gut. Aber erst tweete ich ein Foto davon. Und dazu *hashtag*Arbeit, *hashtag*Spaß, *hashtag*Clownsfratze -"

„Adam, Sie wissen aber, dass Sie Hashtag nicht ausschreiben müssen."

„Ja! Na-natürlich. Das ..." Murmelnd ging Coon in den Pausenraum. O'Connor rollte hinüber zu Slown und legte seine

Hände auf ihre Knie. „Ich muss mit dir reden", flüsterte er, „hast du morgen Abend Zeit?"

„Euh, ja. Worum geht's?"

„Alles zu seiner Zeit", meinte er nur, bevor er sich erneut den Überwachungsvideos widmete.


Ein großer, dicker Ordner schlug auf den Tisch. Grant zog sich einen weißen Stoffhandschuh über und blätterte die staubigen Seiten durch.

„Adam Coon also, huh?"

Grant schaute auf. „Tja", schmunzelte sie, „er ist halt ein herausragender Berater."

„Wie haben Sie das hinbekommen, dass er für Sie arbeitet?"

Grant lachte auf. „Ich weiß es nicht. Ich hab' ihn einmal vernommen, von da an war er plötzlich jeden Tag an meiner Seite. Daher kommt auch der reviergängige Spitzname Mr. Anhängsel."

„Verstehe."

„Und Sie also Einbruchsdezernat, huh?", imitierte sie seine Frage. Karéy nickte. „Sie sehen nicht aus wie einer von denen. Die, die ich kenne, sind alle na ja -"

„Dicker? Sagen Sie es ruhig, ich werd' schon nicht petzen",
zwinkerte er, was Grant zum Lachen brachte. „Vorher war
ich zwölf Jahre lang Navy-Soldat auf dem Ike."

„Bitte?" - „Eisenhower?"

„Ah ja. Flugzeugträger, richtig?"

„Korrekt, Officer."

„Lieutenant", berichtigte sie ihn.

„Pardonnez-moi ... Ich war zwölf Jahre dort, dann gab es einen kleinen Zwischenfall im Maschinenraum, für den ich verantwortlich gemacht wurde. Konsequenz, ich verlor meinen
Job. Danach nahm ich einfach das Beste, was mir geboten
wurde. So kam ich zum Einbruchsdezernat. Als meine Frau
das hörte", murmelte er nur noch, „dass ich bloß noch die
Hälfte verdienen würde, da verließ sie mich mit unserer
Tochter in so 'ner Nacht-und-Nebel-Aktion. Seitdem hab' ich
keinen Kontakt mehr zu ihnen." Grant schenkte ihm einen
empathischen Blick. Karéy schüttelte den Kopf. Als Grant jedoch die nächste Seite aufschlug, leuchteten die Augen beider
auf.

„Das ist es, oder?", fragte Karéy, als ob er es nicht schon
längst wusste. Eifrig fotografierten sie die Skizze.

„Gute Arbeit ..."

„Austin."

„Mel", gab sie zurück und streckte ihre Hand für ein High-five aus.

Vorbei am 13ten Revier und durch Gramercy Park, trat Grant aufs Gas und bretterte durch Nebenstraßen, um den New Yorker „Verkehrsfluss" zu umgehen.

„Ich glaube, Ihr Telefon klingelt", meinte Karéy. Jetzt hörte auch Grant die Titelmelodie von Police Academy. „Übernehmen Sie mal kurz, danke", sagte sie, noch während sie das Lenkrad losließ. Karéy riss erschrocken die Augen auf und griff ins Lenkrad. Unterdessen knöpfte die Polizistin ihren Mantel auf und suchte die Innentaschen nach ihrem Telefon ab. „Grant", sagte sie schließlich und steuerte das Gefährt wieder selbst. „Oh, hey, Ellie. Was gibt's?"

„Mel, versteh' mich jetzt nicht falsch, aber wenn ihr mir 'nen Streich spielen wollt, seid ihr gut 'n paar Wochen zu früh. Dieser Korpus, den ihr mir hier angeschleppt habt ... Was soll ich damit? Die linke Flanke ist komplett weggefetzt", die Pathologin machte eine Pause, um sich auf das Eigentliche konzentrieren zu können. „Was jedoch interessant war, an den, sagen wir, Rändern, wo der Korpus zerfetzt ist, da war die Haut wie vereist. Ich hab' die Leiche jetzt in die Toxi geschickt. Spätestens morgen liegen die Resultate auf deinem Tisch."

„O-kay. Danke." Grant legte auf und schaute zu Karéy. „Sie haben mitgehört, stimmt's?"

„Ja. Aber zu meiner Verteidigung, wenn Sie das nicht wollen, dann sollten Sie Ihre Hörerlautstärke regulieren."

„Nah, Sie können sich auch einfach die Ohren zuhalten", schlug Grant scherzeshalber vor. Karéy lehnte sich zu ihr hinüber. „Nah", antwortete er und hörte ein leises unterdrücktes Kichern. „Also wirklich! Wer so ein schönes Lachen hat, braucht es doch nicht zu verbergen", flirtete er.

„Mund zu und aussteigen, Detective Charming." Karéy schaute sich um und realisierte, wo er war. In der Tiefgarage des Reviers.


„Max -"

„Ellie hat mich bereits angerufen. Falls es das ist, was dir auf der Zunge lag." Grant nickte. „Habt ihr den Plan?"

„Ja", antworteten Grant und Karéy gemeinsam. Grant stöpselte ihr Telefon an den Computer und lud das Bild auf den Screen.

„Tracey!", schrie O'Connor.

Die junge IT-Spezialistin schlenderte aus ihrem Büro und knuffte ihm in die Wange. „Schrei nächstes Mal nicht so. Kräftigt vielleicht die Lungen, ist aber schlecht für die Stimmbänder."

„Ha, ha. Könntest du uns einfach einen Gefallen tun?"

Dearing nickte. „Wir brauchen das Bild da irgendwie anders. So, dass wir am Screen ein bisschen daran rumkritzeln können, ja?" Über die laienhafte Erklärung ihres Kollegen konnte Dearing nur grinsen, trotzdem verstand sie, was er wollte, und machte sich ans Werk.

Etwa eine Stunde und sie war fertig. „Bitte schön, mein kleiner Schreihals."

„Danke, du bist ein Schatz." O'Connor nahm ihr den Flash-Drive aus der Hand und drückte ihr ein Küsschen auf die Wange. Dearing verschwand mit einem fetten Grinsen im Gesicht. O'Connor steckte derweil den Flash-Drive in einen der USB-Ports und öffnete die offensichtlich liebevoll angefertigte Datei.

| Bade-<br>zimmer | | Kinder-<br>zimmer | Schlafzimmer |
|---|---|---|---|
| | Salon | | |
| Küche | | Kinder-<br>zimmer | Wohnzimmer |

Coon stellte sich vor das Smartboard, neben ihm Karéy.

„Woher weiß sie, welcher Raum welcher ist?", fragte dieser.

Coon, selbst unwissend, zuckte die Schultern.

„Ich hab's ihr verraten", meldete sich Slown hinter den beiden Männern und drängelte sich zwischen sie.

„Anruf von Mr. Wilston", rief Grant plötzlich von ihrem Schreibtisch. „Er meinte, sein Laptop sei gar nicht gestohlen, er habe ihn lediglich auf Arbeit vergessen."

„Das heißt, es war kein Raubmord, sondern ein vorsätzliches Tötungsdelikt", schlussfolgerte Karéy. „Das heißt ebenfalls, dass ich hier nicht gebraucht werde. War schön mit Ihnen - die paar Stunden", dabei schaute er zu Grant. Niedlich, wenn sie errötet, dachte er und streifte sich den Mantel über. Er bemerkte, wie Grants Blick auf ihm brannte. Er tat das gleiche und guckte ihr direkt in die Augen mit einem verschmitzten Lächeln, welches seine Lippen umspielte. Wieder errötete Grant, hielt dem Blick aber stand. Karéy blieb vor ihrem Tisch stehen und reichte ihr ein zusammengefaltetes Stück Papier.

„Bei Gelegenheit können Sie ja mal durchklingeln", sagte er.

„Um Sie über den Fall am Laufenden zu halten?"

„Nein", lachte Karéy, „um sich eventuell auf 'nen Kaffee oder so zu verabreden."

Grant speicherte die Nummer sofort ein. „Klar."

„Warum stört mich das?", brabbelte Coon.

Slown, die mit ihm vor dem Smartboard stand, blickte zu ihm. „Eifersüchtig?", fragte sie.

„Bitte? Ich und eifersüchtig? Nein! Nie-mals." Er schaute betrübt in seine Teetasse. „Pff ... Eifersucht."


### *<u>23. Februar, 2016.</u>*

An diesem Morgen war O'Connor dazu gezwungen, in Captain Blacks Büro zu sitzen und irgendwelche Formulare zu unterzeichnen. Es hieß, es gäbe einen Transfer. Der neue Detective sollte zu O'Connor und den anderen. „Wann noch gleich soll der Neue ankommen?", fragte er, während er den Stift ans Papier ansetzte.

„Die Maschine landet gegen zehn. Ich sag mal, spätestens um elf Uhr ist sie hier."

„Sie?" Black nickte. Mit fragendem Blick blinzelte O'Connor zwischen einer Personalakte und dem Captain hin und her. Black schob sie ihm über den Tisch und drehte sich weg. O'Connor schlug die Akte auf.

Eine junge Frau aus Kalifornien.

„Hi, ich bin Rebecca. Rebecca Smith." Ihre Stimme war schriller als das Geschrei einer Horde Kleinkinder. Davon ablenken konnten weder ihre schokoladenbraunen Locken noch ihre stechend grün-türkisen Augen. Nacheinander stellte sich das Team der Neuen vor, nur Grant zögerte. „Wie war Ihr Name?", fragte sie.

„Rebecca Smith. Verzeihen Sie meinen Dialekt, ich komme ursprünglich aus Los Angeles." Grant wollte sich verhört haben. Das konnte doch alles nur ein riesiger Zufall sein.

*„Das erste Jahr war ich in Los Angeles, da lernte ich eine Rebecca kennen. Die arbeitete als Detective beim LAPD … Meinte, aus unserem kleinen Nümmerchen könne mehr werden, ganz schön stalkermäßig."*

Die New Yorkerin schaute sich nach Coon um. Wie er jetzt wohl reagiert hätte, wäre sein Gedächtnis nicht weg. Doch wo war er überhaupt? Mittlerweile war es halb zwölf. Er war gute vier Stunden zu spät. Dennoch sah sie davon ab, ihm zu schreiben, wo er bliebe. Sie schaute sich ein zweites Mal um, fand ihn aber nicht. Stattdessen sah sie Black, wie er die Gruppe aus seinem Büro heraus beobachtete. Plötzlich winkte er sie zu sich. Ohne zu wissen, warum, folgte sie der Direktive. Als sie im Büro ankam, schloss Black hinter ihr die

Tür. Der Captain sah ernst aus. Hatte es etwa mit ihr zu tun? Oder mit dem Team? Aber wenn Letzteres zutraf, dann würde er sich doch an O'Connor wenden. Sie befand sich gar nicht mehr in der leitenden Position, auch wenn sie die Ranghöhere war. Grant stand einfach nur da und musterte ihren Chef. Gerade schenkte er sich einen Kaffeebecher Whiskey ein. Um diese Uhrzeit schon Alkohol? Muss ein stressiger Morgen gewesen sein, grübelte Grant bei sich. Black leerte die Tasse in einem Zug. Ziemlich stressiger Morgen, korrigierte sie sich und blieb weiter still.

„Es gab einen zweiten Mord. Der Sohn von Hank Wilston. Die Familie war bei Nachbarn untergekommen. Liam Wilston wurde dort vor wenigen Stunden im Gästezimmer tot aufgefunden." Grant ließ es erst einmal sacken, langsam nickte sie mit dem Kopf. „Liams Leiche ist bereits bei Dr. Stuart. Es soll dieselbe Vorgehensweise wie bei seiner Mutter sein. Bei ihm sieht es aber schlimmer aus, wenn Sie sehen wollen." Black drehte den Monitor seines Computers zu ihr. Sie japste vor Schreck und schlug die Hand vor den Mund. Liams Hals und Kopf waren von den Halswirbeln abgetrennt, als hätte ihm der Täter den Kopf ohne Weiteres mir-nichts-dir-nichts abgerissen. Dementsprechend sahen auch die Wundränder aus. Zudem waren sie wie beim ersten Opfer vereist, sahen zumindest so auf dem Bild aus. „Hank und Stacey Wilston werden die Nacht bei uns auf dem Revier verbringen, nur damit Sie Bescheid wissen. Ich bitte Sie darum, wenn die zwei dann hier sind, nicht mit ihnen über den Fall zu sprechen. Und jetzt gehen Sie und schnappen diesen Arsch, der einer Familie so etwas antun kann." Ohne zu antworten, war Grant zur Tür heraus. Bevor sie dem Team von Liams Tod erzählte, ging sie zuerst zu ihrem Schreibtisch. „Wenigstens etwas halbwegs Erfreuliches an diesem Morgen", murmelte sie, als sie den toxikologischen Bericht entdeckte. Sie überflog ihn lediglich.

*»Giftstoffe konnten nachgewiesen werden [...] $CO_2$ (Kohlenstoff-dioxid)«*

„Der Junge ist also tot. Und die Vereisungen kommen anscheinend durch das $CO_2$ zustande. Aber wie kam es dort hin? Und was, um Gottes willen, bringt es fertig, das ganze Gewebe zu zerfetzen", dachte O'Connor laut nach. „Eine Pistole kann es nicht sein, sonst hätte die Toxikologie Schmauchspuren feststellen müssen."

„Ein Wasp Knife", sagte Detective Rebecca Smith leise.

Auf einmal waren alle Blicke auf sie gerichtet. „Wie war das?", fragte O'Connor nach.

„Ich sagte Wasp Knife. Ich war mal in Florida und dort gab es Wasp Knives, Gasmesser, in Massen, weil sie dort beliebt bei den Jägern sind. Und diese Messer haben eine $CO_2$-Patrone im Heft."

„Ach wirklich?", fragte Slown. Smith bejahte. „Okay, hier haben wir es." Slown öffnete eine Internetseite, die sich auf die Funktionsweise des Messers bezog.

*»Wasp Knife! Mehr als ein Messer. Aus einer Kartusche im Heft zischt Gas zur Spitze der Klinge. Nach dem Zustechen wird die Wunde so schnell gefroren, dass es sie zerfetzt. Das Wasp Knife besteht aus sieben Teilen: dem Heft, für die $CO_2$-Patrone; der $CO_2$-Patrone an sich; einem Gewinde, um das Heft an das Klingenstück anschrauben zu können; dem Auslösventil oben am Heft; der zweischneidigen, leicht hohlgeschliffenen Klinge; dem Auslasskanal und natürlich der Mündung des Auslasskanals.*

*Funktionsweise. In dem hohlen Heft ist die Patrone mit $CO_2$-Gas, welche eine Füllmenge von vierundzwanzig Gramm hat, angebracht. Durch die Klinge hindurch führt ein Kanal vom Griffstück bis kurz vor die Klingenspitze. Zwischen Heft und Klinge an der Griffzwinge befindet sich das Ventil, das durch Druck von oben ausgelöst werden kann. Sobald Druck auf das Ventil ausgeübt wird, entlädt sich das Gas, welches in der Patrone unter rund* *fünfundfünfzig Bar steht, und dehnt sich mit einer Temperatur um den Gefrierpunkt in der Einstichwunde so stark aus, dass Gewebe, Adern und innere Organe zerstört werden.*

*Was sich spektakulär anhört, hat seinen Preis. Mit fünfhundert US-Dollar für ein Messer ist es nicht gerade erschwinglich für jedermanns Geldbörse.«*

„Stellt sich die Frage, warum jemand mit einem dermaßen teurem Messer Leute umbringt", meinte Smith und zog sich einen Stuhl heran, um sich zu setzen.

„Ich frage mich, warum sich jemand die Mühe macht, eine ganz bestimmte Familie, die Wilstons, gleich zweimal aufzuspüren, „nur" um einen von denen zu ermorden", sagte Grant, wobei sich ihre Stimme enorm hob. Eindeutig war sie wütend auf die Person, die so etwas machte. Wie konnte man nur so morbide und perfide sein und glücklichen Familien so viel Leid zufügen? Hatten Täter und Familie eine gemeinsame Vergangenheit? Wenn ja, sollten die Morde eine Art Bestrafung darstellen? Oder Verrat an ihnen sein? Grant überlegte noch lange, bis sie plötzlich etwas Ungewöhnliches in ihrem Augenwinkel wahrnahm. Sie neigte ihren Kopf in die Richtung und sah eine riesige Plüschschildkröte an den Schreibtischen entlangwandern. War etwas in ihrem Kaffee gewesen? Sie ging dem Plüschgiganten nach. Schließlich entdeckte sie die kleine Stacey Wilston. Gleich darauf sah sie auch den Vater der Kleinen, Hank. Beide schauten kurz zu ihr. Er, ein blankes Gesicht ohne jegliche Emotion. Sie, unsagbar traurig. Mit einem Schluchzen vergrub sie ihr Gesicht in der Schildkröte. Grant schluckte hart. Sie dachte an Coon. Was der Fall mit ihm gemacht hätte, in ihm ausgelöst hätte, wüsste er von Kate und Grace. Sie musste gestehen, in diesem Punkt war seine Amnesie eine Erleichterung - für alle.

„Wir kommen hier erst mal nicht weiter." Frustration breitete sich über O'Connors Gesicht aus. „Keine DNA, keine Fingerabdrücke. Wieder nur diese dämliche Clownsfratze auf den Überwachungsbändern." O'Connor war ratlos und er fragte sich, warum ausgerechnet sein Team immer diese schier unlösbaren Fälle mit den ganzen Psychopathen abkriegen musste. Letztendlich fasste er den Entschluss, alle nach Hause zu schicken. Mit der Begründung, er warte lieber noch auf ein paar Ergebnisse von Stuart, was auch zum Teil stimmte. Aber ganz ehrlich, der Kerl war am Ende. Nie hätte er gedacht, ein Team zu leiten, sei so anstrengend und belastend. Bei Grant hatte es jedes Mal so leicht ausgesehen.

„Wo warst du? War heute etwa der Termin beim Kardiologen? Ruf mich zurück, wenn du das gehört hast", sprach Grant auf Coons Mailbox, während sie durch die Straßen Queens auf dem Weg nach Long Beach kurvte. Minuten später klingelte ihr Telefon.

„Miss Grant?", fragte der Anrufer.

„Eigentlich Lieutenant oder Detective, aber egal. Wer ist da?"

„Dr. Davidson. Sie erinnern sich?"

„Ja", antwortete Grant langsam und etwas misstrauisch. Was wollte Coons Arzt?

„Ich will Sie nicht beunruhigen, Miss Grant", ha, witzig Doktor, „aber Mr. Coon wurde vor einer halben Stunde volltrunken eingeliefert. Angestellte von ihm haben ihn sitzend auf der Dachkante seines Unternehmens vorgefunden. Um ihn herum sollen mehrere, leere Flaschen alkoholischer Getränke gestanden haben. Sie haben ihn dann von der Dachkante weggezerrt und nach unten ins Foyer geschleppt. Danach haben sie einen Notarzt verständigt. Wenn Sie also kurz -"

„Bin schon unterwegs", unterbrach sie Davidson entrüstet.

Sie drehte mit dem Wagen und fuhr zurück nach Manhattan.


Grant schmiss die Zimmertür hinter sich zu und stapfte stocksauer auf Coon zu, der benebelt von seinem Rausch im Bett lag und in die Leere starrte. „Bist du eigentlich komplett

Banane!", schrie sie. „Die Schwester hat mir gerade eben noch einmal versichert, dass du dich fast zu Tode getrunken hättest!"

„Na und", lallte er erstaunlich ruhig beinahe gleichgültig, „nach allem, was ich über mich weiß, bin eh ich nur ein Stück Scheiße. Ich mache mit anderen Frauen herum und schlafe mit ihnen, obwohl ich doch zum Zeitpunkt des Angriffes mit Ihnen liiert war. Ich bin ein Arsch."

Grant setzte sich zu ihm auf das Krankenbett. Vorsichtig zog sie mit ihrem Daumen die Linie neben seinem Auge nach.

„Mach das nicht, Adam." Sie bereute es, ihn angeschrien zu haben.

„Ist doch aber wahr", maulte er und kehrte ihr den Rücken zu.

„Adam, schon beim ersten Wort, was damals, als wir uns kennengelernt hatten, aus deinem Mund kam, wusste ich, dass du ein Arsch bist." Stirnrunzelnd drehte er sich zu ihr.

„Danke?" Grant senkte den Kopf, ihren Lippen entfuhr ein tiefer Seufzer. „Ich kann einfach nicht mehr und ich will auch nicht mehr. Verstehen Sie das denn nicht, Melinda?"

„Nein", sagte sie eiskalt. Schweigend stand sie auf und verließ das Zimmer. Vor der Tür ließ sie sich zu Boden sinken. Tränen bahnten sich den Weg aus ihren Augen. Die

Emotionen sprudelten aus ihr heraus. Sie zog die Knie noch näher an sich heran und stützte ihren Kopf auf ihnen. Vor ein paar Monaten war Coon dem Tod gerade noch von der Schippe gesprungen und jetzt wollte er ihn offenbar zu sich nach Hause zum Kaffeekränzchen einladen. Grant konnte es nicht nachvollziehen, was in dem Kopf des Mannes vor sich ging. Aber wenn nicht mal sie es konnte, wer dann?

# KAPITEL SECHS

<u>*24. Februar, 2016.*</u>

Der Tag begann sehr früh. Das Revier war über Nacht zum Tatort geworden. Die Opfer waren Hank Wilston und der Wachschutz, Officer Trevis Phil.

„Alle mal hergehört", rief Captain Black, „ich will das Revier auf links gedreht haben. Verstanden? Das gesamte Revier soll von oben bis unten gefilzt werden. Wir brauchen gottverdammte Indizien, die zum Täter führen", endete er und stieg vom Tisch herunter. „Lieutenant, wo ist Stuart?"

„Sie ist bereits weg, Sir. Die Spurensicherung wird sicherlich noch bleiben, wenn wir hier alles durchsuchen."

„Und der Tatortreiniger?"

„Dürfte mit dem Pausenraum jeden Moment fertig sein."

Black fuhr sich nervös übers Gesicht. „Was hat Stuart gesagt?", fragte er deutlich angespannt.

„Mr. Wilston wurde wie die anderen mit einem Wasp Knife erstochen, vermutlich ins Herz. Trevis, ihm wurde das Genick gebrochen. Aber wieso fragen Sie mich das und nicht O'Connor, Sir?"

„Sie sehen doch, der ist maßlos überfordert als leitender Detective. Darum bombardiere ich lieber Sie mit meinen Fragen, als ihm das auch noch zuzumuten. Sobald die Sache hier abgehakt ist, übernehmen Sie wieder die Leitung des Teams. So viel steht fest. Ich dachte anfangs wirklich, der Junge sei qualifiziert genug für diesen Posten, offensichtlich hab' ich mich dabei geirrt." Grant nickte. Sie wusste nicht, weshalb sie ihm zustimmte. Selbst sie kam bei diesem Fall an ihre Grenzen.
„Na ja, wie dem auch sei", fuhr er fort. „Was ich weiß, ist, dass sich Stacey Wilston in der Obhut einer Sozialarbeiterin des Jugendamts befindet."

Grant stellte ihren Wagen ab und lief durch den Park, auf der Suche nach Stacey und der Sozialarbeiterin. Die New Yorkerin konnte es immer noch nicht wahrhaben, dass dieses kleine Mädchen innerhalb dreier Tage Waise geworden war. Sie fand die zwei im Schnee tollend. „Hi, ich bin Melinda Grant. NYPD", stellte sie sich der Frau vor und half ihr aus dem Schnee.
„Danke. Ich bin Lennox Cooper vom Jugendamt."

„Stacey scheint fröhlich zu sein", bemerkte Grant und guckte zu, wie das Mädchen einen Schneeengel zauberte.

„Sie ist aber immer noch ganz schön neben der Spur. Erst wird ihre Familie ermordet und dann soll sie nach ärztlichem Befund mit Chloroform betäubt worden sein."

„Tatsächlich?", murmelte Grant. Sie hoffte, dass die Überwachungsvideos bald etwas ergaben.

„Ich bin mir sicher, Sie wollen jetzt mit der Befragung von Stacey beginnen."

„Das wäre nett."


O'Connor tigerte zwischen den Tischen umher und raufte sich die Haare. „Macht das weg", fauchte er. Smith schaute auf und folgte seinem Blick. Er hatte die Skizze der Wohnung gemeint. Sie klickte ein paar Mal mit der Maus und schon war sie weg. „Löschen Sie sie und alles andere bezüglich des Falles gleich mit", befahl er. „Ich will alles auf Null und von vorn beginnen." Smith nickte und löschte die Dokumente. Das Telefon klingelte. „Bethy, könntest du?"

„Natürlich. Hey, Dr. Stuart ... ach so, okay. Dann halt Ellie. Was gibt's?.. Du hast die Leichen nochmal untersucht?.. Hm, ja, warte kurz, ich stell dich laut."

„Okay, wo war ich? Ach ja. Also, ich hab' mir die Leichen ein zweites Mal angeschaut, dabei ist mir etwas an Officer Phil aufgefallen. Am Hals fand ich links Würgemale und auf seiner rechten Gesichtshälfte sind Kratzer. Und ein Rechtshänder würde nie eine Flasche oder Dose mit links aufschrauben."

„Ellie, wovon redest du, bitte?", fragte O'Connor.

Stuart stöhnte auf. „Was ich meine, ist, dass euer Opfer, ach, jetzt sag' ich schon Opfer. Euer Täter ist Linkshänder. Möglicherweise bringt's euch was. Tschüss." Slown legte den Hörer zurück auf die Basis. Im selben Moment trat Grant aus dem Aufzug, dicht gefolgt von Cooper und Stacey. Sie brachte die zwei in das Büro von Dearing, bevor sie sich dem Team anschloss.

„Was hast du herausgefunden?", wollte O'Connor wissen.

„Was habt *ihr* herausgefunden? Ellie hat mir getextet."

„Unser Täter ist Linkshänder", sagte Smith. „Ich tippe auf Tendenzen zum Satanismus. Sie wissen schon, Linkshänder, die Lakaien des Teufels."

O'Connor lachte zum ersten Mal nach Tagen. „Ich mag die Lady", kicherte er.

„Na großartig", brummten Grant und Slown parallel. Verwundert blickten sich beide an. Sie fragten sich, weshalb die jeweils andere so etwas sagen sollte. „Euh, ja", räusperte sich

Grant. „Das kleine Mädchen meinte gleich zu Beginn, dass es ein Mann sei. Kleiner als der Vater."

„Warte, sie hat den Mörder gesehen?"

„Sie hatte in der Nacht Geräusche gehört und ist aus dem Pausenraum um die Ecke geschlichen. Dort sah sie den toten Trevis und eine Person mit Clownsmaske und der Statur eines Mannes. Der Mann hatte sie bemerkt, sich geschnappt und ihr dann ein Tuch vor den Mund gehalten. Chloroform sagen die Ärzte."

„Das ist gut", sagte O'Connor. „Damit können wir arbeiten. Nur schade, dass es eine derartig gewöhnliche Maske ist, sonst hätten wir nahezu mühelos in den Geschäften nachfragen können. Egal, ich will unbedingt die Überwachungsbilder sichten. Eingang und Tiefgarage interessieren uns erst mal nicht. Ich will ausschließlich die vom Großraumbüro. Alles klar? Okay. Bethy, du gehst runter in den Kontrollraum und besorgst die Videos. Ich werd' Tracey suchen. Mel und Rebecca, ihr bleibt hier."

„Sollen wir nichts machen?", fragte Smith nach.

O'Connor schüttelte den Kopf. Gerade als er gehen wollte, hielt er inne. „Hey, Mel, wo ist eigentlich Coon?"

„Er ist bei sich zuhause. Es gab gestern einen kleinen Zwischenfall, nicht der Rede wert." Sie zwang sich zu einem

Lächeln, welches O'Connor erwiderte. Als er weg war, wandte sich Smith zu Grant und fragte: „Coon? Wie in Adam Coon?"

„Ja", platzte es aus Grant, bevor ihr Gehirn auch nur ansatzweise die Antwort überdenken konnte.

„Das ist ja witzig. Sie müssen wissen, Adam und ich kennen uns persönlich. Wir waren mal zusammen."

„Zusammen? Wow."  Da hab' ich aber was anderes gehört.

„Ja, aber aus beruflichen Gründen musste er gehen. Wir hatten uns im Guten getrennt." Grant nickte. Natürlich, und als Nächstes hat er dir dann doch noch einen Antrag über Skype gemacht. Das wird ja immer besser. Sie schaute auf ihre Finger und hielt ihr Lachen zurück.

„Detective Grant, kann ich Sie kurz sprechen?", fragte Cooper, Grants Erlösung.

„Worüber wollten Sie sprechen, Ms. Cooper?"

„Angesichts der Umstände, denke ich, sollte Stacey in irgendeiner Weise unter Polizeischutz stehen. Leider ist so was weder mit dem Jugendamt noch mit den Pflegefamilien in so kurzer Zeit verhandelbar. Jedoch befürchte ich auch, es wäre nicht sehr angenehm für Stacey noch eine Nacht hier auf dem Revier zu verbringen. Verstehen Sie in welcher Situation ich mich gerade vorfinde?"

„Voll und ganz." Sie überlegte, bis ihr eine Idee kam. „Ms. Cooper, heute ist Ihr Glückstag. Ich kenne da jemanden. Der hat rund um die Uhr Wachschutz, Sicherheitskameras, eine Alarmanlage. Ich wollte ihn mal überraschen, hatte aber meine Schlüssel vergessen. Also wollte ich zur Hintertür rein. Einmal zu lang an der Tür gerüttelt, keine fünf Minuten später umzingelten mich Polizei und Wachschutz. Glauben Sie mir, es ist wie Fort Knox. Da kommt keiner so schnell rein. Zudem wird er die Kleine lieben."

„Was? Nein! Melinda, nein. Mein Anwesen wird mit Sicherheit nicht zum Schauplatz einer so schmierigen Nummer. Ich bin keine Tagesmutter oder Tagesvater, wie auch immer." Coon raffte die Kordel um seinen Morgenmantel enger und beäugte sie und O'Connor. Aus heiterem Himmel tauchten hinter ihm sechs kichernde, halbnackte, junge Frauen auf. „Machen die mit?", wisperte eine. Coon schob sie alle von sich weg. „Geht, holt eure Sachen und verschwindet. Hopp, hopp."

„Ich verstehe, Adam", grinste O'Connor. „Dein Anwesen ist bereits so ein Schauplatz."

„Sind Sie hier, um mich blöd von der Seite anzumachen oder um Melinda zu unterstützen, Detective?"

„Hey, kein Grund, zickig zu werden. Ich mein' ja nur. Deine sechs hoppelnden Häschen dort sind gerade mal neunzehn, höchstens zwanzig."

Coon blendete O'Connor aus und guckte Grant an. „Na gut", sagte er, „das Mädchen kann bleiben."

Grant atmete erleichtert auf und zog ihn in eine Umarmung. „Danke", flüsterte sie und küsste seine Wange. „Danke."

„Keine Ursache."

„Wir holen sie schnell."


„Ich hab's", rief Dearing, als sie die richtige Stelle der Überwachungsvideos gefunden hatte. Slown und Smith standen neben ihr. Dearing drückte Play. Im Zeitraffer wurde nun das Video abgespielt. „Da ist es", sagte Dearing und verlangsamte die Aufnahmen. Die Tür zum Treppenhaus schwang auf und der Mann mit der Clownsmaske trat in das Großraumbüro. Er schaute sich vorsichtig nach den Wilstons um. Als er Officer Phil vor dem Pausenraum stehen sah, versteckte er sich hinter einem Betonpfeiler. Er wartete einige Minuten. Danach kniete er sich auf den Boden und kroch zwischen den Tischen auf Officer Phil zu. Die Sache kam ins Rollen. Der Mann packte ihn von hinten, zerrte ihn nach unten und brach ihm das Genick. Der Mann war mindestens einen Kopf kleiner als der Officer und trotzdem hatte er enorm viel Kraft, um den trainierten Officer zu überwältigen. Jetzt kam Stacey aus dem Pausenraum. Sie lief um die Ecke, wo sie den Mann überraschte. Bevor sie reagieren konnte, hatte er sie geschnappt. Er drückte ihr ein Tuch auf den Mund und hob sie hoch, sobald sie bewusstlos war.

„Wo bringt er sie hin?", fragte Dearing.

„Zu den Arrestzellen. Dort wurde sie heute Morgen gefunden", antwortete Slown. Der Mann kehrte zurück und lief schnurstracks in den Pausenraum. Mit seiner linken Hand zog er das Messer und stach auf Hank ein.

Sekunden später zerriss es Hank Wilston.


„Du bist also Stacey Wilston", sagte Coon und führte das kleine Mädchen ins Wohnzimmer, über seiner Schulter lag die Plüschschildkröte. Er warf sie auf die Couch und setzte sich dazu. Stacey nahm neben ihm Platz und schaute ihn mit großen Augen an. „Ja, die bin ich. Wer bist du?"

„Adam Coon", antwortete er. „Willst du fernsehen oder etwas essen?"

„Können wir nicht beides machen?"

Coon zuckte die Schultern. „Klar, was möchtest du? Popcorn? Nachos? Tacos? Nudeln? Einen Apfel?"

„Hast du auch Waffeln da?"

„Wer weiß, aber ich werde einem Bediensteten einfach sagen, dass er welche machen soll." Die Kleine grinste und kuschelte sich an ihre Schildkröte heran, während Coon für sie den Fernseher einschaltete und in der Küche Bescheid sagen ging. Er kehrte zurück und schmiss sich auf die Couch. „Waffeln sind unterwegs. Was läuft im Fernsehen?"

„Ein Cartoon. Magst du das?"

„Ob ich so etwas mag? Ich liebe es", lachte er, Stacey kicherte. Die Zeit mit dem Mädchen war entspannend für Coon. Der Umgang mit ihr weckte vertraute Gefühle, doch einordnen konnte er sie nicht.

Es war schon weit nach dreiundzwanzig Uhr, während die zwei noch immer im Wohnzimmer vor dem Fernseher saßen. „Warum heißt du Coon?", fragte Stacey aus dem Nichts. „Du bist weder ein Waschbär noch siehst du so aus."

Coon schaute sie an und schüttelte den Kopf. „Ich weiß es auch nicht. Möglicherweise weil sie ziemlich gerissene Tierchen sind, und ich in einem früheren Leben eventuell genauso gerissen war."

„Und was bin ich dann?", fragte Stacey neugierig. Brütend rieb sich Coon das Kinn. „Hm, lass mich überlegen. Wilston. Hört sich adelig an. Womöglich bist du eine Gräfin, Baronin oder sogar eine Prinzessin in einer Thronfolge." Stacey rückte von ihm weg und verschränkte die Arme. Heftig schüttelte

sie den Kopf. „Nein", keifte sie. „Ich will keine Prinzessin
sein. Die werden immer von ihren Vätern und Ehemännern
unterdrückt und erniedrigt."
Coon machte große Augen, perplex blinzelte er sie an. „Wow.
Ganz schön feministisch für dein Alter."
„Du weißt, wie alt ich bin?"
„Fünf, sechs", schätzte er.
„Sieben. Was bedeutet feministisch?"
„Na ja, dass du gegen die Unterdrückung und Erniedrigung
von Frauen bist?"
„Das ist gut", bemerkte Stacey und gähnte. „Adam, ich bin
müde."
„Dann bringen wir dich lieber mal ins Bett", schlug Coon vor
und stand auf. Er nahm die Schildkröte und wartete auf
Stacey. „Kann ich mit Cassiopeia bei dir schlafen? Ich hab'
sonst Angst", flüsterte sie, währenddessen sie durch das Haus
gingen.
„Euh … klar", sagte Coon und öffnete die Tür zu seinem
Schlafzimmer. Das Mädchen sprang sofort auf das große Bett.
Nach ein paar Sprüngen ließ sie sich hinplumpsen und setzte
sich in den Schneidersitz. „Was passiert jetzt eigentlich mit
mir? Ich hab' niemanden mehr und Omi und Opi sind auch
schon im Himmel."

„Du kommst in eine Pflegefamilie oder in ein Heim."

„Kann ich nicht einfach hierbleiben?"

„Das geht nicht", antwortete Coon und setzte sich zu ihr. Die Schildkröte legte er neben sich.

„Warum nicht?"

„Ich bin den ganzen Tag arbeiten. Ich hätte keine Zeit für dich."

„Aber mir gefällt es hier", schmollte Stacey. Sie rollte auf ihren Bauch und vergrub ihr Gesicht in der Bettdecke. Leise begann sie zu schluchzen. Coon fühlte sich mies. Er konnte es nicht ertragen, diesen kleinen Hüpfer weinen zu sehen.

„Hey", sagte er und rieb mit seiner Hand in Kreisen über ihren Rücken. Er dachte nach, was er machen konnte, dann fiel ihm jemand ein. „Weißt du was, ich habe ein Ehepaar kennengelernt, das können wir morgen bestimmt besuchen. Die zwei sind sehr nett. Zwar schon im fortgeschrittenen Alter, aber vielleicht gefällt es dir ja und du magst sie. Dann kannst du dort gegebenenfalls bleiben", erklärte er. Sie drehte den Kopf zu ihm und wischte sich die Tränen aus dem Gesicht.

„Und was, wenn sie mich nicht mögen?"

Coon streichelte ihr über die Wange und schmunzelte. „Werden sie. Vertrau mir." Stacey nickte und schlüpfte unter die Decke. „Soll ich dir etwas vorlesen?"

„Hast du denn Kinderbücher da?"

„Das bezweifle ich, aber wie wäre es, wenn wir unsere Fantasie anstrengen? Was liest du denn gern? Etwas mit Feen, Räubern oder Pferden?"

Stacey verzog das Gesicht. „Sehe ich aus wie viereinhalb? Ich les' immer die Comics mit Harley Quinn, die Freundin des Jokers. Das ist der -"

„Reden wir über Batman und Co?"

„Ja", freute sie sich und klatschte in die Hände.

„Na gut, mal überlegen. Ah ja", sagte er grinsend. „Es war einmal ein Clown, der sich selbst und von anderen als der Joker betiteln ließ. Er war äußerst intelligent für einen Clown, sehr gutaussehend auch. Witzig, talentiert, ein Charmeur ..."

„Ja, ja. Ich kann ihn mir vorstellen", unterbrach ihn Stacey.

„Ich wollte nur sicher gehen. Also, wie ich bereits sagte, war dieser Clown ziemlich witzig. Er wanderte umher, versucht darauf, die Leute mit seinem *speziellen* Humor zum Lachen zu bringen. Witzige Tatsache, niemand verstand diesen speziellen Humor. Niemand empfand ihn als witzig, und das nervte den Clown höllisch. Er war witzig, verstehst du, aber seine Zuhörer waren ein Pack humorloser Dummdödel, die diesen Trottel im Fledermauskostüm vergötterten. Jedenfalls wanderte der Clown umher, erzählte seine Witze, über die keiner lachte, als er eines Tages eine Dame traf."

„Was für eine Dame?", fragte Stacey gespannt.

„Eine ... eine unbeschreibliche", flüsterte Coon und strich über ihr Haar. „Wie keine Dame vor ihr. Gebildet, wunderschön, mutig und das Beste an ihr ... sie fand ihn witzig. Sie verstand ihn. Er war auch ganz angetan von ihr. Und ich schätze, wenn zwei Menschen die Welt mit gleichen Augen sehen, wenn sie denselben Humor und denselben Irrsinn teilen, dann nennen sie es Liebe. Das hatten der Joker und Harley Quinn. Harley Quinn, war der Name des Püppchens. Also noch perfekter hätten sie nicht füreinander sein können. Und sie machten sich gegenseitig glücklich. Brachten sich gegenseitig zum Lachen." Staceys Augen leuchteten, dennoch überkam ihren Lippen ein Gähnen. „Schon eingeschlafen?", fragte Coon provokativ.

„Na uh", gähnte sie erneut. „Was für Abenteuer erleben die zwei?"

„Du kannst gerade noch so deine Augen offenhalten."

„Ich bin gar nicht mehr so müde!", wiederholte sie quengelig.

„Erzähl mir -", ein weiteres Gähnen unterbrach sie.

„Ich spring zum Ende", grinste er. „Und sie lebten glücklich zusammen für immer und ewig."

„Schön. Aber warum enden Geschichten immer so?"

„Ich glaube, um uns gute Gefühle zu vermitteln. Und jetzt mach die Augen zu und schlaf endlich."

„Bereit?", wollte Coon wissen. Staceys Griff um seine Hand wurde stärker, trotzdem nickte sie und schaute zu, wie er an die Tür klopfte. „Gladys, George, ich bin es. Adam."

Eine alte Dame öffnete ihnen und umarmte ihn gleich zur Begrüßung. „Schön, dich zu sehen", sagte Gladys und bemerkte das Kind. „Ist das etwa dein Wonneproppen?"

„Nein", lachte Coon. „Das ist Stacey. Es ist ein bisschen kompliziert, zu erklären."

„Kommt erst mal herein. Ich setze Tee auf, und dann besprechen wir das in Ruhe." Gladys verschwand in die Küche, während Stacey und Coon ihre Mäntel ablegten und ins Wohnzimmer gingen. „Hey, George", grüßte er den alten Mann im Sessel.

„Hallo, Adam. Setzt euch", seufzte er.

„Was ist los?"

„Es ist nur ... Letztens sehen wir dich noch mit so einem billigen Flittchen und heute mit einem kleinen Mädchen, Adam? Ich bitte dich."

„George, achte auf deine Diktion", schimpfte Gladys und brachte den Tee herein. Sie schenkte ein und reichte jedem eine Tasse. „Also, Adam, erzähl. Wo kommt die Kleine her?"

„Es gibt eine Mordfallserie, die die Polizei aufzuklären hat."
Coon räusperte sich. „Staceys Eltern und ihr Bruder wurden
getötet. Sie hat niemanden mehr und muss geschützt werden,
deshalb kommt sie erst einmal bei mir unter."

„Das ist ja furchtbar. Ich hab's ja immer gesagt, dieser freie
Waffenhandel in dem Land. Es ist unmöglich. So etwas darf
es einfach nicht geben. Erst recht nicht, wenn den Menschen
dann etwas passiert wie der Kleinen hier. Ich hab's immer gesagt. Nicht wahr, George?"

„Uh-uh", brummte er. „Trotzdem schläfst du mit meinem alten Revolver unterm Kissen."

„George", zischte Gladys.

„Was denn?" Die alte Dame schüttelte den Kopf und nippte
an ihrem Tee. Ein dunkles Miau hallte durch den Raum.
Blau-graues Fell plusterte sich auf. Ein alter Perserkater stie-
felte über den Teppichboden. Er schmiss sich schnurrend an
Staceys Beine heran, bis er schließlich auf ihren Schoß sprang
und anfing zu treteln. Stacey kicherte und kraulte ihn unterm
Kinn. „Der ist ja voll flauschig!"

„Er ist lediglich dick", kommentierte George kühl.

„Hör doch auf, du Griesgram. Er heißt Monty, Kleines." Der
Kater rollte sich auf den Rücken und wartete auf weitere
Streicheleinheiten von Stacey.

Am Abend stand Coon einmal selbst in der Küche und versuchte sich an einem Coq au Vin. Natürlich hatte er zuvor auf die Stärke des Weines geachtet, das Mädchen sollte im Alter von sieben Jahren nicht ihr erstes Mal betrunken sein.

„Und du glaubst wirklich, dass die zwei mich aufnehmen würden?"

Coon schwenkte die Pfanne. „Aber natürlich", erwiderte er auf ihr breites Lächeln. „Du magst sie. Sie mögen dich. Und Monty, ach, der vergöttert dich. Wenn da die Behörden Nein sagen, dann weiß ich auch nicht mehr." Er setzte die halb volle Weinflasche an seine Lippen und trank sie in zwei Zügen aus. „So, jetzt schieben wir das Ganze in den Ofen und dann -" Ein schriller Ton heulte auf. Coon runzelte die Stirn.

„Was ist das?", wisperte Stacey verängstigt.

„Die Alarmanlage. Ist bestimmt einer der beiden neuen Wachleute gewesen. Ich gehe kurz nachsehen, ob alles in Ordnung ist. Du bleibst hier und passt ein bisschen auf das Essen auf, ja?" Coon legte seine Schürze ab und lief zur Haustür. Sie war geschlossen. Er gab den Code in die Alarmanlage ein und schaute sich um. Kein Wachpersonal. Komisch. Er schaute nach oben an die Decke. Das Lämpchen der Kamera blinkte nicht. Was zur Hölle? Warum funktioniert die Alarmanlage, aber nicht die Kamera, wunderte er sich. Auf leisen

136

Sohlen ging er in sein Arbeitszimmer. Er riss die Schubläden seines Tisches auf und durchwühlte sie. Irgendwo hier musste sie doch sein. Nichts. Was hatte Claire Hanning letzte Woche gesagt? Zwischen Sein und Nichtsein und einem wunderschönen Sommernachtstraum. Coon suchte die Bücherregale ab. Shakespeare. Eine ganze Reihe seiner Werke. Er warf sie alle auf den Boden. Da war sie. Eine geladene CZ. Ein hübscher Mehrlader. Er klemmte sie sich zwischen Hemd und Hosenbund, in seine Hosentasche packte er sich ein Ersatzmagazin, welches ebenfalls hinter den Büchern gelegen hatte. Für einen Moment hielt er inne. Er zog die CZ und inspizierte sie genauer, etwas war ihm an ihr aufgefallen. Eine feine Gravur. *Für Katherine* besagte sie. Er konnte nichts mit dem Namen in Zusammenhang bringen, aber das sollte ihn auch nicht lang ablenken. Jetzt ging es herauszufinden, was hier, zum Teufel noch eins, los war. Coon lugte in den Flur. Niemand war zu sehen. Er hatte beschlossen, erst einmal zu prüfen, ob bei Stacey alles bestens war. Immer noch war weit und breit kein Wachmann zu sehen. Coon hatte die Pistole fest umklammert vor sich gestreckt. Schussbereit. Er näherte sich der Küche, hörte Geräusche. Der Kerl mit der Clownsmaske stand am Ofen. Nicht nur die Maske, sondern auch er selbst schien zu grinsen. „Mh, lecker." Stacey saß gefesselt auf einem Stuhl, ein Küchenlappen als Knebel. Der Clown schlürfte zu ihr hinüber. „Ich rieche da etwas Köstliches und es ist nicht das Essen. Oh, ich weiß es, es ist deine Angst. Wie schön." Er zückte ein Messer und hielt es ihr an die Kehle.

Coon zögerte keine Sekunde und schoss. Das Messer fiel dem Clown aus der Hand. Er betrachtete die blutende Wunde an seinem Daumen, bevor er seinen Kopf zu Coon drehte. Blitzschnell hatte er eine Pistole gezogen und zurück-gefeuert. Coon zuckte zusammen, duckte sich. Der Clown gab einen zweiten Schuss ab. Ein kleines Loch bohrte sich in die Wand hinter Coon. Stille. Für einen Augenblick bewegte sich niemand. Der Clown legte seinen Fokus wieder auf Stacey, unterdessen schrieb Coon Grant eine Nachricht. *SOS Clown*. Ein Fehler, denn keine Minute später hatte Grant geantwortet, und sein Telefon klingelte laut. Coon hielt die Luft an, erleichtert atmete er dann doch aus. Dieser Verrückte hatte es nicht registriert. Er war viel zu sehr mit der Suche seines Messers beschäftigt gewesen. Es war unter einen Servierwagen gerutscht, dennoch leicht zu finden. Coon überlegte. Sollte er auf Grant warten oder nicht? Als der Clown sich aber hinuntergebeugt hatte, um das gefundene Messer aufzuheben, hatte Coon schneller gehandelt als gedacht. Er lud nach, zielte, drückte den Abzug. Der Clown schrie schmerzergriffen und fasste auf die Stelle. Oh, voll in den Arsch, tobte die kleine Stimme in Coons Unterbewusstsein. Dieser blickte auf den Mann herab. Er lud erneut. Diesmal zielte er auf den Kopf. Sein Inneres war gepackt von etwas, was man wahrscheinlich als Blutrausch bezeichnet hätte. Ihm wurde für einen Bruchteil einer Sekunde schwarz vor Augen. Plötzlich stand er abends im Regen auf dem Dach eines Hochhauses. Seine Hand war um den Hals eines Mannes gelegt. Der Mann sah todesfürchtig aus.

Coon blinkte mit den Augen und war wieder in der Küche mit dem Clown und Stacey. Coon konnte den Aussetzer nicht deuten. War es eine Erinnerung? Die Projektion eines Filmes, indem er sich als Protagonisten vorstellte? Ein Hirngespenst? „Adam, nimm die Waffe runter!", rief Grant in die Küche. Gemäß Protokoll musste sie zur Eigensicherung die Waffe ziehen und richtete sie nun auf ihn. Coon, der mit dem Rücken zu ihr stand, rührte sich keinen Millimeter. „Adam, du sollst die Waffe weglegen", sagte Grant nachdrücklich. Coon schien begriffen zu haben. Er trat von dem Clown zurück, die CZ hielt er nur noch mit Daumen und Zeigefinger. Vorsichtig legte er sie auf den Marmorboden und kickte sie zu Grant herüber, danach lehnte er gegen die Kücheninsel und beobachtete. Grant bewegte sich auf den am Boden liegenden Clown zu und führte ihre Pistole zurück ins Holster. Sie sah die Wunde und die Clownsmaske. Endlich verstand sie den

Sinn hinter Coons ominöser Nachricht. Die Handschellen klickten um die Handgelenke des Mörders. Grant zerrte ihn nach oben, sodass er aufrecht saß. Er schrie auf. „Sei nicht so 'ne Pussy", nörgelte die Ermittlerin. Sie kniete sich vor Stacey und löste Fesseln und Knebel. Das Mädchen sprang vom Stuhl und rannte in die Beine Coons. Er hob sie hoch, tätschelte ihren Kopf. „Kannst du sie aufs Revier bringen?", fragte Grant.

„Schnell oder sicher?"

„Was spielt das für 'ne Rolle?"

„Dementsprechend wähle ich mein Auto", konterte Coon, als wäre es selbstverständlich.

„Du hast doch nur eins?"

„Den Maybach?", grunzte er. „Den habe ich verkauft."

Ungläubig blinzelte Grant ihn an. „Wann?"

„Am Dienstagmorgen. Ich kam vom Kardiologen und bin an diesem Autohaus vorbeigefahren. Ein kurzes Gespräch, paar Unterschriften und einen Scheck später war der Maybach weg und zwei andere Autos haben seither die Ehre, in meiner Garage parken zu dürfen."

„Zwei?", Grant schüttelte den Kopf. „Egal. Natürlich sicher."

„Sagen Sie nicht natürlich, Lady Detective. Aber gut, dann nehme ich *natürlich* das sicherere Auto."

„Wunderbar?", antwortete sie, bevor Coon mit der Kleinen auf dem Arm die Küche verließ.

Die Maske war von der Spurensicherung in eine Plastiktüte verpackt worden. O'Connor hielt sie hoch ins Licht und erkannte darauf das Blut der Ermordeten. „Die Maskerade und das Morden haben ihr jähes Ende genommen. Das ist Ihnen klar, Jack?"

Jack Pushbeck, eine sechzehnjährige Waise, dem im Alter von elf alles genommen wurde. Er zeigte sich kooperativ und hatte auch keinen Widerstand gegen die unnötig rohe Gewalt der anderen Officer geleistet, er hatte es einfach über sich ergehen lassen. Pushbeck nickte. „Ja, das ist mir klar. Erst recht ist mir klar, was ich angestellt habe. Geht es dem Mädchen gut?"

„Ja", antwortete O'Connor perplex. War der Junge schizophren? Wie sonst konnte man in einem Moment der kaltbrünstige Mörder einer Familie sein und im nächsten der scheinbar liebe, freundliche und besorgte junge Mann, wie er hier im Verhörraum angekettet saß. O'Connor setzte sich ihm gegenüber und starrte ihm in die Augen. „Sie geben es also zu?"

Wieder nickte Pushbeck und wieder ließ er O'Connor überrascht zurück. Er holte tief Luft. „O-kay, aber warum?"

„Ich lebe seit fünf Jahren auf der Straße, weil ich sonst niemanden mehr habe. Sie müssen verstehen, wenn einem Kind so etwas passiert, dass die Familie bei einem Amoklauf stirbt und das Kind nur noch lebt, weil es gesagt hatte, dass es keinen Bock auf Shopping habe, dann ... Dann reißt dem jetzigen Waisenkind irgendwann der Geduldsfaden und die eh schon zusammengebrochene Welt, die wird nochmal richtig zertrampelt. Ich konnte glückliche Menschen nicht mehr ertragen. Schon gar nicht glückliche Eltern mit ihren noch glücklicheren Kindern. Die Wilstons waren mir dann wohl oder übel als Erstes ins Auge gesprungen. Ich hab' sie verfolgt, beobachtet und dann nur noch auf den perfekten Augenblick gewartet. Die Maske hatte ich nur auf, um nicht erkannt zu werden. Ich hätte mir auch eine andere aussuchen können, aber der Clown war nun mal am preiswertesten."

„Wie kommen Sie überhaupt an Geld heran?", wollte O'Connor wissen.

„Durchs Flaschensammeln."

„Nicht durch Trick-Betrügerei, Diebstähle, Einbrüche?"

„Na ja, gut, ich bin in ein Outdoor-Geschäft eingebrochen, wegen des Gasmessers und der Patronen und Ihrem Officer hatte ich die Pistole geklaut."

„Wollte schon sagen. Für 'ne andere Maske sind Sie zu arm,
aber ein fünfhundert Dollar Messer können Sie sich leisten."
Die zwei lachten. „Ohne Sie auf einen falschen Pfad leiten zu
wollen, Jack, Sie hätten bei den Einbrüchen und nicht bei den
Morden bleiben sollen. Ich meine, welcher - Verzeihung -
Laie hat es schon mal geschafft, bei Adam Coon einzubrechen
und die zwei Wachmänner unbemerkt mit Chloroform aus-
zuschalten. Das ist Rekord verdächtig."
„Wäre es unangebracht, wenn ich mich jetzt geschmeichelt
fühle?", fragte Pushbeck, O'Connor schüttelte den Kopf.
„Darüber sehen wir ausnahmsweise mal hinweg. Aber noch
mal zurück zum Messer. Warum eine Stichwaffe? Warum
nicht gleich eine Schusswaffe oder Gift? Vor ein paar Jahren
hatten wir einen Fall, da wurden die Opfer mit Essigessenz
umgebracht. Wäre auf jeden Fall risikofreier zu klauen gewesen als ein Gasmesser."
„Das Morden sollte für mich eine Zeremonie darstellen. Es
sollte mir Genuss und Genugtuung vermitteln. Ich wollte den
Moment richtig auskosten. Und wie schon so oft zitiert, zeigen die Menschen erst in ihren letzten Momenten, wer sie
wirklich sind -"
„Ja, ja. Das versteh' ich. Aber warum ausgerechnet ein Gasmesser? Ein Messer, dass seine Opfer zerfetzt." Ungeduldig
klopfte O'Connor mit dem Fuß auf den Boden.

„Ihre Freude", atmete Pushbeck, „am Leben sollte zerplatzen, wie es bei mir geschehen ist."

„Und warum sind Sie damals vor dem Heim weggelaufen? Sie hätten dort wohnen und leben können."

„Denken Sie wirklich, das hätte mich davon abgehalten? Dass dieser Punkt nicht trotzdem irgendwann überschritten worden wäre?" Pushbeck redete nicht weiter, er schaute einfach nur auf den Tisch vor sich. Erneut war ein Punkt für ihn überschritten.

Im Raum nebenan saß Coon und lauschte gespannt dem hitzigen Gespräch Captain Blacks. „Sind Sie eigentlich völlig inkompetent?.. Sind Sie nicht, ah ja. Merkt man. Na gut, dann haben Sie einfach nur Bananen in den Ohren, Sie Lackaffe! Wie oft denn noch, Coon leidet unter Amnesie ... Richtig, das bedeutet, sein Gedächtnis ist gelöscht und dem zufolge hat er auch keine Erinnerung an seine Gerichtsverhandlung, geschweige denn an das Urteil ... Ich sage es Ihnen jetzt einmal klipp und klar. Der Mann ist, verdammt noch mal, nicht schuldfähig ... Und selbst wenn er keine Amnesie hätte, wäre der Schuss in den Ar- in das Gesäß reine Notwehr gewesen ... Ja, nein, der Tod in Person war er früher einmal ... Den Sachverhalt hab' ich bereits erklärt. Außerdem hat Mr. Pushbeck so viel Opium in der Ritze, dass er, ohne zu heulen, sitzen kann. Zwar nur mit 'nem Polster drunter, aber er kann sitzen ... Aha, auf Wiederhören." Black legte auf und flackte das Telefon an die Wand, Coon runzelte die Stirn.

„Hat sich nicht sehr gut angehört", stellte er fest.

Black winkte ab. „Bilden Sie sich nichts darauf ein. Auf Sie wird kein Verfahren zukommen. Dieser Spast am Telefon hat wahrscheinlich selber 'ne Kugel im Arsch und die Eier wurden ihm auch gleich weggeschossen."

Stacey wurde auf dem Revier lediglich kurz zum Tathergang von Grant befragt. Als die zwei fertig waren, warteten bereits George und Gladys am Fahrstuhl auf das Mädchen. Sie sah das Ehepaar und rannte gleich auf sie zu. Umarmend standen sie dort. Für Stacey würde das Familienleben nie wie früher mit ihrem Bruder, ihrer Mutter und ihrem Vater werden, aber sicherlich genauso schön mit Gladys und George.

# KAPITEL SIEBEN

<u>*03. März, 2016.*</u>

Die Gerichtsverhandlung von Jack Pushbeck stand an. Zu seinem „Pech" konnten die Ärzte keine psychologische oder neurologische Störung feststellen und attestieren. Er wurde für schuldig befunden und kam nun lebenslang in Haft. An dem Urteil gab es eigentlich nur Positives. Der Täter bekam seine gerechte Strafe und dazu noch einen festen Wohnsitz. Grant trat glücklich, aber trotzdem mit ernster Miene aus dem Gerichtsgebäude. Sie atmete die frische Luft ein und wieder aus, als gäbe es nichts Schöneres auf der Welt. Vier Stunden in einem so stickigen Raum zu sitzen und auch noch neben jemandem, der anscheinend nichts mit dem Wort Deodorant anfangen konnte, war zu viel für sie und ihre Nase gewesen. Plötzlich vibrierte ihr Telefon. Es war eine Nachricht von Detective Karéy. *Haben Sie heute Abend Zeit? Dann könnten wir etwas essen gehen.*

Grant überlegte. Einerseits war Karéy süß und charmant, andererseits wusste sie immer noch nicht, wie es um sie und Coon stand. Grant schüttelte den Kopf. Nein. Sie würde nicht gehen. Sie wollte gerade zurückschreiben, da klingelte ihr Telefon. Sie kannte die Nummer nicht. „Hallo?"

„Ist da Melinda Grant?"

„Ja. Und wer sind Sie, wenn ich fragen darf?"

„Ich bin Dr. Samantha Swanson von der New York State Nervenheilanstalt. Sie sind als Notfallkontakt von Mr. Adam Coon gelistet. Er hatte erneut einen Absturz, diesmal mit Drogen. Er hatte eine Überdosis. Wenn Sie kurz vorbeikommen könnten. Er ist immer noch im Rausch und schreit andauernd irgendwelche Namen. Cole und Katherine und Ihren." Grant blickte an den Himmel, nur vereinzelt schwebten Wolken vorbei. „Miss Grant?"

„Nein, ich hab' keine Zeit", sagte sie harsch und legte auf. Sie öffnete den Chat mit Karéy und antwortete: *Liebend gern. Wann und wo?*


Bleeker Street Pizza. Eine kleine bodenständige Pizzeria inmitten des kreativen, freigeistlichen Greenwich Village. „Auf den Punkt genau", lachte Karéy und begrüßte Grant mit einem Kuss auf die Wange. „Wollen wir reingehen?"

„Klar." Sie betraten das Lokal und fanden einen Platz im hinteren Teil, nahe der Küche. Grant sah angespannt aus, daher versuchte Karéy die Stimmung mit etwas Smalltalk aufzulockern. „Und wie geht es Ihnen, Mel?"

„Recht gut."

„Wirklich? Sie sehen gehetzt aus."

„Nein, es ist nichts", lächelte sie.

„Und mit meiner Restaurantwahl sind Sie zufrieden?"

„Auf jeden Fall. Es ist 'ne gelungene Abwechslung zu dem sonst so bonfortionösen Miniaturfraß, den ich immer bekommen habe, wenn ich mit Adam aus war. Echt empfehlenswert, wenn man 'ne Diät machen will."

Karéy grunzte amüsiert.

„Darf es bei Ihnen schon etwas sein?", fragte ein Kellner auf einmal.

„Euh, ja. Zwei Whiskey und eine große Pizza Margarita", bestellte Karéy für die beiden. Der Kellner nickte und verschwand in die Küche.

„Hm", machte Grant.

„Was ist? Sind Sie nicht der Whiskey-Typ?", fragte er. Grant schüttelte den Kopf. „Nein. Es ist nur ... Im Gegensatz zu Ihnen hat mich Adam noch allein entscheiden lassen."

„Wollen Sie mich jetzt wirklich mit ihm vergleichen?"

„Ich will Sie nur aufziehen, Austin", sagte Grant und nahm seine Hand. Der Kellner brachte die Getränke und war gleich wieder weg.

„Na dann", meinte der Detective und hob mit seiner freien Hand das Glas, „auf einen wundervollen Abend mit einer wunderhübschen Frau."

„Sie hätten mir ruhig Bescheid geben können, dass noch jemand kommt."

„Sie wissen ganz genau, dass ich Sie meine."

„Natürlich." Grant nahm einen Schluck von ihrem Whiskey und spuckte ihn beinahe wieder aus, als Karéy ihre Hand an seine Lippen führte. Sie wurde rot, feuerrot. Karéy bemerkte Ihre Scham und küsste ihre Hand gleich ein zweites Mal. „Ich könnte den ganzen Abend über fortfahren", schwärmte er.

„Hören Sie schon auf, unsere Pizza kommt." Karéy küsste ihre Hand noch einmal, bevor er sie losließ.


Die Pizza, die ihnen serviert wurde, sah nicht nur lecker aus, sondern schmeckte auch lecker.

„Ich genieße das hier richtig", gestand Grant.

„Ja?"

„Ja, Sie sind ein Gentleman wie Adam, aber wenigstens unterlassen Sie diese ständig dummen Bemerkungen."

„Trotzdem vermissen Sie die Zweisamkeit mit ihm, oder?",
fragte Karéy, obwohl es ihm überhaupt nicht passte, dass
Grant so viel über Coon redete.

„Nein, eigentlich nicht. Nachdem der Fall Wilston abgeschlossen war, haben wir uns nicht mehr gesehen."

„Sicher, dass es ihm gut geht?", fragte er und nippte an seinem Whiskey. Grant dachte an den Anruf zurück. Das Blut
gefror ihr in den Adern. Hätte sie doch zu ihm fahren sollen?
Sie schüttelte den Gedanken ab. „Ja, ja. Er ist momentan an
einem sehr schönen Ort, wo er auch gut aufgehoben ist."

„Das hört sich doch großartig an. Dann können wir weniger
über ihn und mehr über uns reden."

„Über uns?", kicherte Grant.

„Richtig, über uns. Sie und ich. Du und ich, wenn's genehm
ist." Karéy guckte sie an und wackelte dabei mit den Augenbrauen. Unwillkürlich lachte Grant und nickte.

Stille. Die Stille war nicht peinlich bedrückend, sie war angenehm, fast schon romantisch - so intensiv, wie sie sich gegenseitig studierten. Aus dem Nichts fragte Karéy plötzlich:

„Denkst du, wir schaffen die Pizza noch?" Grant schaute sich
die Pizzahälfte an und schüttelte schließlich den Kopf. „Ich
auch nicht", stimmte er zu. Er winkte den Kellner herbei, um
zu bezahlen. Die Reste ließen sie sich einpacken.

Raus aus dem Restaurant zündete sich Karéy eine Zigarette an und stieß eine Rauchwolke aus. Keck schnappte
Grant sie ihm aus den Fingern und zog selbst daran. „Ich
hätte vorher nichts essen dürfen, aber ich hatte einfach aus
Gewohnheit mit deutlich kleineren Portionen gerechnet", nuschelte sie und zog noch einmal an der Zigarette, danach
nahm Karéy sie sich wieder.

„Gleiches trifft auf mich zu. Aber hätte ich vorher nichts gegessen, hätte ich ziemlich verfressen gewirkt." Er nahm einen
letzten Zug, ehe er die Zigarette auf den Boden warf und aus-
trat. „Ich würde dir ja gern anbieten, dich nach Hause zu fahren, Mel, ich wohn' aber nur fünf Minuten von hier, daher bin
ich zu Fuß."

„Und was, wenn wir den Spieß umdrehen?", schlug Grant
vor. „Wenn ich dich nach Hause fahre." Karéy nahm dankend
an und stieg mit ihr in den Wagen. Er hatte recht gehabt,
keine fünf Minuten später parkte der Wagen vor dem Wohnhaus. Es befand sich unmittelbar am Washington Square Park
und sah bereits von außen sehr chic aus. Doch das interes-
sierte Grant im Moment eher weniger, sie war mit etwas beziehungsweise mit jemand anderem beschäftigt gewesen.

„Warte, warte", atmete sie heftig und drückte Karéy von sich.

„Hab' ich was falsch gemacht? War ich zu schnell?"

„Nein, das ist es nicht. Ich find's hier nur ein bisschen eng, verstehst du?" Karéy stieß die Autotür auf und drehte sich zu ihr. „Wenn du mir erlaubst, dich mit nach oben zu nehmen, können wir dort weitermachen." Grant biss sich verlegen auf die Unterlippe und folgte ihm. Hand in Hand rannten sie wie auf der Flucht durch das Treppenhaus nach oben. Er drückte sie gegen seine Wohnungstür und begann spielerisch an ihrem Ohrläppchen zu knabbern. „Mh", schnurrte Grant und merkte, wie Karéy grinste. Ihr Herz schlug immer schneller. Karéy schloss auf und schob Grant in seine Wohnung - direkt in das Schlafzimmer. Er glitt mit ihr auf das Bett, stützte über ihr, seine Hände neben ihrem Kopf. „Du bist so wundervoll", raunte er in ihr Ohr. Sie hob ihre Hand, um seine Wange zu streicheln, und zog ihn zu sich. Er küsste sie innig, voller Leidenschaft. Er entfernte ihre Kleidung so langsam, seine Lippen und Zunge schmeckten jeden Zentimeter ihrer Haut, die seinem heißhungrigen Blick ausgesetzt war. Er schälte ihre langen Beine aus der Jeans und küsste lieblich die Innenseite ihrer Oberschenkel, erfreut über ihr Keuchen und leises Stöhnen. Mit geschickten Fingern knöpfte sie schnell sein Hemd auf und zerrte es aus seiner Hose. Währenddessen versuchte er Knopf und Reißverschluss mit einer Hand zu lösen, als er die Erkundung ihrer Haut fortsetzte.

Schließlich waren beide entkleidet, jeder Zentimeter ihrer Körper berührte sich, Hände liebkosten und Lippen spürten. Karéy murrte tief aus seiner Brust, als Grant ihre Nägel in seinen Rücken grub. Er bebte über ihr und in einer sanften Bewegung seiner Hüften drang er in sie. Reflexartig schlang sie ihre Beine um seine Hüften, und ihre Finger griffen nach dem Laken. Ihre Muskeln krampften um ihn, ihre Augen geschlossen in purer Ekstase. Karéy nahm eine ihrer Hände in seine und hielt sie über ihren Kopf. Grant drehte ihren Kopf und hauchte einen Kuss auf sein Handgelenk.

Erst bewegte Karéy sich langsam. Er genoss, wie sie seufzte und wimmerte und dann an ihm festhielt mit der freien Hand. Ihre Lustschreie erstickten, als er sie küsste. Seine Hüften bewegten sich und wurden immer schneller, bis ein Stoß Grant aufschreien ließ und ihre Nägel sich in seinen Rücken bohrten. Seine Bewegungen waren feinsinnig und bedacht, und sein Körper so nah an ihrem, dass es Reibung an den Richtigen Stellen kreierte. Grant wurde lauter, ihr Körper wölbte sich gegen ihn und ihre Nägel krallten so stark in seinen Rücken, dass sie wahrscheinlich mehr als nur ein paar Kratzer hinterlassen würden. Er war mit seinem Rhythmus eins, doch Grant hatte er verloren, sie krümmte sich in Genuss unter ihm. Ihr Kopf fiel zurück auf das Kissen, ihr ganzer Körper spannte sich an und für einen glorreichen Augenblick lief eine Kräuselung durch ihren Körper wie eine Welle von Elektrizität. Sie pulsierte durch sie und ihn. Ihr Höhepunkt drängte Karéy in seinen eigenen. Sein Körper begehrte ihren mit Sehnsucht und Verlangen. Wie er es nie zu glauben vermochte. Er stöhnte und vergrub seinen Kopf in ihrer Halsbeuge, feuchte Küsse hinterließ er auf ihrer geröteten Haut. Karéy stützte sich auf seinen Ellbogen, noch nicht bereit, sich aus ihr zurückzuziehen. Er schaute sie an, sein Herz schlug wild. Grant zog mit ihren Fingern ein Muster auf seiner geformten Brust nach und genoss das Gefühl seiner glatten Haut unter ihrer Hand. Er schaute sie mit einem höhnischen Lächeln an. Grant konnte sich nicht helfen, aber lachte. „Du bist ein Arsch", grinste sie und piekte ihn in die Brust.

„Ich fühle mich geschmeichelt", lachte er und verlagerte seine Hüften. Grant Augen schlossen sich und sie seufzte in Euphorie. „Bereit für Runde zwei?", fragte er und presste seine Lippen über ihr Herz. Sie blinzelte ihn etwas überrumpelt an. „Runde zwei?" Grant dachte, sie wäre ohnmächtig geworden, stattdessen aber fand sie sich unter dem attraktiven Mann wieder, wie er sich in ihr erneut bewegte, ein gedämpftes

Wimmern entfuhr ihren Lippen. „Oh, Mel", säuselte er und stieß tiefer in sie. „Ich bring dich in ungeahnte Welten." Grant leckte sich die Lippen und forderte ihn. „Tu es."

### <u>04. März, 2016.</u>

Freitagmittag. Grant wachte langsam auf und merkte etwas Warmes und äußerst Bequemes unter sich. Sie blinzelte ein paar Mal, dann öffnete sie ihre Augen ganz. Karéy schlief friedlich unter ihr und schien ihre Nähe zu genießen. Grant dachte an die letzte Nacht und kicherte. Der Sex war grandios gewesen, voller Gefühle. „Austin", lächelte sie. Plötzlich verschwand ihr Lächeln. Adam, dachte sie. Schuldgefühle kamen in ihr auf, die sich nicht verdrängen ließen. „Scheiße", murmelte sie und setzte sich auf. „Scheiße, scheiße, scheiße!", fluchte sie weiter und schwang ihre Beine über die Bettkante. Sie schaute an die Wanduhr. Halb zwölf. Ein Glück, war heute ihr freier Tag. Hinter ihr regte es sich. Karéy grummelte und noch im Halbschlaf fragte er: „Was ist los?" Er rieb sich die schlaftrunkenen Augen und blinkte die Frau verwirrt an. Er packte sie am Handgelenk, als sie aufstehen wollte. „Bleib doch hier", flehte er. Grant schüttelte nur immer wieder den Kopf. „Es war ein Fehler", sagte sie schließlich. Sie warf einen Blick über die Schulter und sah Karéys getrübten Blick. Mit der Decke um sich gewickelt drehte sie sich zu ihm und seufzte. „Bitte, Austin, versteh mich nicht falsch. Du bist ein echt süßer Kerl, aber ich kann Adam das nicht antun." Karéy umarmte sie um die Taille und küsste sie von ihrer rechten Hüfte über ihren weichen Bauch zu ihrer linken Hüfte. Er schaute zu ihr auf und rümpfte die Nase. „Er kann sich doch an eh nichts erinnern", sagte er abwertend.

„Aber ich! Und was, wenn er sich doch irgendwann wieder erinnert, dann bleibt mir nichts übrig, als es ihm zu erzählen. Ich könnte sonst nicht damit leben." Grant befreite sich aus der Umarmung, sammelte ihre Kleidung auf und flüchtete ins Badezimmer. Karéy fuhr sich mehrmals übers Gesicht und holte sich frische Kleidung aus einer Kommode. Er ging in die Küche und machte sich einen Kaffee, danach wartete er an der Wohnungstür auf Grant.

Nach einer Weile kam Grant zu ihm. Jetzt standen die zwei in der offenen Tür und sagten erst einmal nichts. Er trat einen Schritt näher an sie heran und streichelte ihr über die Wange. Sie hob ihren Kopf. Karéy ergriff seine Chance und küsste sie innig. „Du bist eine wunderbare Frau. Ich kann für dich nur hoffen, dass *er* das irgendwann wiedererkennt." Grant küsste ihn zur Antwort und ging so gleich aus der Tür.

Karéy schaute ihr noch kurz nach, dann schloss er die Tür. Er ließ seinen Blick durch das Wohnzimmer schweifen und blieb an der Uhr hängen. Jetzt brauch' ich auch nicht mehr auf Arbeit aufkreuzen, dachte er sich. Er lümmelte sich auf das Sofa und schaltete den Fernseher ein.

Später klopfte es unverhofft. Der Ermittler schlürfte zur Tür. Er guckte durch den Spion. „Hat sie was vergessen?", murmelte er und öffnete die Tür.

„Scheiß drauf", sagte Grant und stürzte sich auf ihn.

# EPILOG



_**22. April, 2016.**_

Mehr als zwei Monate hatte Grant darauf gewartet, dass Cole Spencen aus seinem Versteck kommen und sich zeigen würde. Sie hatte die Nachrichten verfolgt, und das hatte sich letztendlich ausgezahlt. Jetzt hatte sie nur noch ein fähiges Team gebraucht und einen Haftbefehl ihres Lieblingsrichters Rudolph Sena. Ebenfalls erfreulich war, dass Asustín aus den Flitterwochen zurück war. Nye und dem Ungeborenen ging es prächtig. Zudem hatte Black sein Versprechen wahrgemacht und Grant wieder zur Teamleiterin erklärt.

Das Gebäude, vor dem sie jetzt standen, konnte man kaum noch als Gebäude bezeichnen. Es war monströs und die pechschwarze Fassade ließ es mächtig aussehen. Selbst das Burj Khalifa hätte neben ihm niedlich gewirkt. Aber wie sonst hätte der Trump Tower Dominanz zeigen sollen? O'Connor fischte den Haftbefehl aus seiner Hosentasche und drückte ihn Asustín in die Hände, der ihn weiter an Grant reichte. Mit der Polizeimarke sichtbar am Gürtel betraten sie den Tower.

Das komplette Gegenteil davon war die Psychiatrie, in der sich Coon zwangsweise befand. Alles war weiß und steril. Nichts war scharfkantig. Und wenn du schreiben wolltest, gaben sie dir ein Stück Papier und Wachsmalkreide. Das Gebäude an sich wirkte auf ihn mittlerweile selbst durchgeknallt. Überall dieses Geschrei und irrsinnige Gelächter. Coon saß in einem Rollstuhl und wurde von Pfleger Nigel durch die schmalen Gänge gerollt. Er kam sich vor wie eine schlechte Nachempfindung des antiken Griechenlands. Seine gesamte Kleidung, vom Unterhemd bis zu den Socken und Schuhen, war blütenweiß. Fehlte nur noch jemand, der *toga, toga!* rief. Nigel lenkte nach rechts zu den Räumen, vor denen sich jeder Patient fürchtete. Coon sah die Türen, durch die sie rollten, nur schemenhaft. Er war in einer Art Delirium. Das Fentanyl, was ihn seit Wochen ruhigstellte, hatte seinen Körper voll und ganz eingenommen.

Schnellen Schrittes gingen die drei auf den Saal zu, in dem ein Interview mit Spencen über seinen Einsatz als Wohltäter gehalten wurde. Das Sicherungspersonal davor öffneten ihnen ohne Widerrede, als sie die glänzenden Marken sahen. Im Saal wurde es still. Die Kameras schwenkten auf sie und die Journalisten hörten auf, zu schreiben.

Nigel packte Coon unter den Achseln und hievte ihn auf eine Liege. Danach schnallte er ihn mit Lederbändern fest und verkabelte ihn mit einem Vitalmesser. Coon hob seinen Kopf und bemerkte etwas Strammes an seinen Hand- und Fußgelenken. Er schrie auf und rüttelte daran. Nigel drückte ihn zurück und rief einen zweiten Pfleger zur Hilfe.

Mit Grant an der Spitze gingen die Ermittler durch die Reihen. Ihr Ziel, Cole Spencen, saß nur noch wenige Schritte von ihnen entfernt. Ihm schlug das Herz bis zum Hals. Er hatte sich sicher gefühlt und dachte, er könne sich wieder zeigen - ein Trugschluss. Grant hielt den Haftbefehl hoch und blickte Spencen siegessicher in die Augen. „Cole Spencen, Sie sind hiermit festgenommen wegen versuchten Mordes."

Doktor Swanson betrat das Behandlungszimmer, hinter ihr der Anästhesist der Klinik. Er legte einen Venenkatheder an Coons Arm. Noch mehr Fentanyl wurde in ihn gepumpt. Seine Augen rollten nach hinten, die Betäubung wurde stärker. Sehen konnte er nichts mehr, nur noch hören und das bereitete ihm Angst. Er hörte ein Klicken und dann ein lautes Summen direkt neben seinen Ohren.


Die Kameras filmten alles mit. Keiner wusste, wie Spencen reagieren würde. Dieser lehnte sich in seinem Sitz zurück und fing an zu lachen. „Ha! Jetzt hatten Sie mich aber. Für 'ne Sekunde hab' ich es Ihnen wirklich abgenommen", sagte er und wischte sich die Tränen aus den Augenwinkeln.
„Das ist kein Scherz, Spencen. Sie wissen, was Sie getan haben", konterte Asustín.
„Oh, tu ich das?"
„Ja, oder sollen wir *seinen* Namen vor laufender Kamera sagen, damit Sie sich wieder daran erinnern?", provozierte O'Connor. Spencen hob verteidigend die Arme und wandte sich zu Grant. Schleichend trat er an sie heran. Grant reckte ihren Kopf nach oben, sie ging ihm gerade so bis zu den Schultern. „Bevor Sie hier in Handschellen abgeführt werden, will ich nur noch eins wissen. Warum haben Sie das getan?", flüsterte sie.
„Viele glauben, physische Gewalt sei die schlimmste, doch ich meine, psychische ist schlimmer. Denn damit kannst du einen Menschen so viel Schaden zufügen. Da kannst du noch

so gelähmt sein. Bist du innen drin gebrochen, bist du tot. Es war nie mein Plan gewesen, ihn körperlich zu töten."

Grant packte das lachende Arschloch am Schlips und zog ihn auf Augenhöhe. „So oder so werden Sie im Gefängnis landen. Nur über meine Leiche wird Adam ungerecht bleiben", zischte sie.

„Rache. Rache wollen Sie. Rache ist ja schön und gut, aber was dann? Nur wer vergibt, kann loslassen. Vergeben Sie mir, Lieutenant?"

„Nie-mals. Jungs, schafft ihn mir aus den Augen."

Während Asustín Spencen festhielt, legte O'Connor ihm die Handschellen an. Die drei Männer waren schon fast aus dem Saal, da blieb Spencen stehen und drehte sich zu Grant.

„Wenn nicht ich FINK weiter an die Spitze bringen kann", brüllte er, „dann wird es ein anderer. Aber merken Sie sich eins, FINK wird *nie* untergehen!"

„Genau, Sie Spinner und jetzt weiter", grummelte Asustín und schubste ihn vor.

Sie stiegen in den Aufzug und fuhren nach unten. „Darf ich Sie mal was fragen?", wollte O'Connor wissen.

„Solange Sie nicht so dummschwätzerisch wie der Lieutenant sind, bitte. Zu verlieren hab' ich ja nichts mehr", nickte Spencen.

„Warum hat Ihre Gesellschaft einen Wolfskopf als Emblem?"

„Um ehrlich zu sein, ich weiß es nicht. Ich hatte immer gesagt: Nehmt doch den Vogel, ist doch viel naheliegender. Aber die meinten nur, dass es zu putzig sei. Daraufhin sagte ich, dass wir doch auch keinen Anschein erwecken wollen. Danach wurde ich immer nur angepöbelt. Sollte meine Klappe halten. Aber ich versichere Ihnen, das wird noch geändert."

Grant nahm den anderen Aufzug. Endlich war der Terror vorbei. Sie holte ihr Telefon heraus und wählte Coons Nummer. Keiner nahm ab, nur die Mailbox sprang an.


„So, Mr. Coon, das wird jetzt nur ganz kurz weh tun", verkündete Swanson. „Mit etwas Glück kommen Sie damit von den Drogen weg ... Vielleicht auch von Ihrer Amnesie. Glauben Sie mir, ich würde Ihnen das hier nicht antun, würde das Methadon und das Lithium bei Ihnen anschlagen." Sie öffnete seinen Mund und schob einen gummierten Zahnschutz hinein. „Gut draufbeißen." Swanson setzte das EKT an Coons Schläfen. Es war kalt und metallisch im Gegensatz zu den warmen Fingerspitzen der Ärztin. Swanson murmelte etwas von mittlerer Stufe zu einem der Pfleger. Erst summte es wieder, dann kam der Stromimpuls. Seine Zähne pressten auf das Gummi. Sein Körper krampfte.

Er konnte sich nicht steuern.

Er wollte nur noch schreien.

**Adam Coon**

\-

**Der Tod**

**serviert mit Essig**

Band 1

Ein erstklassiges Team von Detectives. Eine Millionen-Metropole. Ihre Opfer. Und ein kindischer, dennoch liebenswürdiger Ex-Attentäter und seine Vergangenheit.

Herbst 2012. Ein Mord im Central Park und in das Visier der Ermittlungen gerät der millionenschwere Unternehmer Adam Coon. Nach kurzer Zeit aber wird seine Unschuld bewiesen und er darf wieder zurück auf die Straßen New York Citys. Doch wer ist der wahre Täter? Detective Melinda Grant ist am Verzweifeln. Sie tritt erneut in Kontakt mit Coon und bittet ihn um seine Hilfe. Dass seine Vergangenheit dabei eine große Rolle spielen wird, ahnt zu diesem Zeitpunkt noch keiner der beiden...

**Adam Coon**

-

**Der Tod**

**im Klärwerk**

Band 2

Ein Coon. Zwei Städte. Viele Tote. Mehrere Behörden.
Noch mehr Verdächtige. Aber nur ein wahrer Übeltäter.

Herbst 2015. Der nervige Kanadier Adam Coon ist zurück und zieht erneut durch die Straßen der Millionen-Metropole New York. Doch warum taucht auf einmal das FBI im Polizeirevier auf? Und was will es von der toughen Mordermittlerin Melinda Grant und ihrem Team? Fragen über Fragen, die nicht mit einem Satz zu beantworten sind. Daher ist es kein Wunder, dass sich Grant und Coon bald nach Washington D.C. begeben, um eine Reihe mysteriöser Dinge aufzuklären. Ein schönes Ende wird es dabei nicht geben und neue Fragen entstehen...